Cocktail Kiss Label

オーロラの国の花嫁

妃川　螢

Hotaru Himekawa

JULIAN
a day in the life

この物語はフィクションであり、実在の人物・団体・事件等とは、いっさい関係ありません。

Contents

イラスト・えとう綺羅

オーロラの国の花嫁

プロローグ

　スカンジナビア半島の北側、スウェーデン、ノルウェー、フィンランド、ロシアの四カ国にまたがる極北の地には、精霊伝説がいまなお息づいている。

　トナカイを追う先住民族が暮らし、サンタクロースが住むという――魔法と神話の国ラップランドの夏は短い。

　沈まない太陽、二カ月以上もつづく白夜。北極圏の空を彩るオーロラを、この土地の人々は狐《きつね》が飛び散らせる火花だと言う。

　冬には犬ぞり、秋の紅葉、夏以上に短い春には野生の草花が咲き乱れる。

　畏怖《いふ》すら覚える手つかずの自然。

　だがそれは、不毛の地と同義でもある。

　氷に閉ざされた大地と、この地の先住民族は共存してきた。そして現代においても、わずかな糧を得ながら氷の世界で生きている。

「どうなさいました？」

ヘリの副操縦席から秘書が声をかけてくる。操縦は任せて、後部シートで休んでいればよかったのに……と言いたげな声だ。

「美しいと、思っていただけだ」

眼下に広がる大自然を見やって言う。氷のとけはじめたラップランドは鮮やかなグリーンと氷の白のコントラストが美しい。道などない極北の地と首都との行き来は、ヘリを使う以外に手段がない。

「ええ、本当に」

この大地を守りながらも、より多くの糧を得なければならない。この地はそうして治められてきた。それができる者だけが、過去この地の王となった。今操縦桿を握る男には、そうした血が流れている。

「頭を切り替えてください。休暇は終わりです」

「わかっている」

秘書の苦言に長嘆とともに返す。

この地に住むというサンタクロースを信じていたのは遠い昔の記憶だ。精霊の伝説も、今はもう遠い。

サンタクロースの里にお手紙を書くと、サンタさんからお返事がもらえる。

子ども雑誌の記事を読んで、母に手伝ってもらって手紙を書いた。兄弟のように育った従兄《いとこ》と一緒に。

「サンタさんからおへんじがきたよ！」

本当に返事が来て、従兄と抱き合って大喜びした。大きな目を輝かせて、従兄とはしゃぎまくった幼い日の記憶。

「すごいすごい！　いい子にしてたらサンタさんきてくれるって！」

御伽噺《おとぎばなし》と現実との間に、境目などなかった。

クリスマスイヴには、トナカイの引くソリに乗ってサンタクロースがプレゼントを届けてくれると信じていた。

「おっきなくつしたかざらなきゃ！」

「ママがけいとであんでくれるって！」

クリスマスツリーを飾り、母と一緒にケーキをつくって、本当は母が用意してくれていたクリスマスプレゼントを、サンタクロースが届けてくれるのを待った。うちには煙突がないことを心配しながら。

ひとつベッドで従兄と手を握り合って、サンタクロースを待ったのに、毎年寝てしまって会えなくて、寂しかった記憶。

来年こそは……！　と誓い合って、けれどいつのころだろう、御伽噺は現実とは違うと気づいてしまったのは。サンタクロースを待たなくなったのは。

けれど、大人になった今でも、御伽噺に憧《あこが》れる気持ちは持っている。精霊神話の息づく極北の地への明確な憧憬《しょうけい》は、大人になってからのほうが強い。

北極圏の空を彩るオーロラはどれほど美しいだろう。トナカイの駆ける雪原の雄大さは、きっと想像ではかれるものではない。

1

北欧、スカンジナビア半島の真ん中あたりに位置するフィンランド共和国は、西はスウェーデン、北はノルウェー、東はロシアと隣接する、正式名称をフィンランド語でスオメン・タサ《Suomen tasa-》ヴァルタ《valta》という。フィンランドは通称だ。

首都ヘルシンキは、国土の南端に位置する。

携帯電話の生産量世界一など、ハイテク産業を基幹とする欧州でも有数の経済大国である一方、北欧諸国最大の外国人観光客獲得数を誇る、観光立国でもある。

ヘルシンキ・ヴァンター国際空港は、欧州のみならずアジアや北米を含む世界百数十都市への直行便が一日に数百便行き交うハブ空港として機能している。日本《にほん》からは直行便で最短九時間半のフライトだ。

直行便が就航しているのもあって、日本人観光客の姿も多い。死ぬまでに一度オーロラを肉眼で見てみたいと思う日本人は少なくないようで、ツアーの旗やバッジをつけた人の姿が空港ロビーを行きかっている。

「意外……日本人旅行客、多いんだぁ……」

大きなスーツケースを手に、洵《しゅん》は空港ロビーに視線を巡らせた。

雰囲気は日本の空港と変わらない。アメリカの空港のようなそっけなさもなければ、アジア後進国の空港のように無駄に広いわけでもない。数年前に全面リニューアルしているらしく、施設は明るく清潔感にあふれている。

姶良《あいら》洵がヘルシンキ・ヴァンター国際空港に降り立ったのは、大学が夏休みに入ってすぐのこと。この地で和カフェを経営している従兄を訪ねることと観光が旅行の目的だ。

フィンランドの公用語は、フィンランド語とスウェーデン語だ。果たして英語がどこまで通じるか……。その点だけが心配だが、従兄がいるから大丈夫だろう。店を経営しているくらいなのだから問題はないはずだ。

「ええっと、住所は……」

従兄から聞いた店の場所は携帯端末に登録してある。いまどき小さな端末ひとつあれば、世界中どこへ行っても道に迷うことはない。

地図情報を表示させ、道案内機能をスタートさせる。空港から首都の中心部にはバス便があると従兄から聞いていたので、それを使うことにした。

タクシーのほうが間違いはないだろうが、なんせ円安の昨今、ユーロは高いから贅沢《ぜいたく》はできない。それにアジア諸国と違って、案内表示などもしっかりしているから、心配したほど迷うことはなかった。

北欧は親日国が多い。一方で日本人も福祉の行き届いた北欧諸国に対してよいイメージを抱いている。何年か前にフィンランドでカフェを営む日本人女性を描いた映画が話題になって、その影響で日本人在住者も増えたらしい。

従兄がフィンランドでカフェ経営をはじめたのは、世代的にいってもその映画に影響を受けたわけではない。もっと単純な理由からだ。いや、逆にもっと複雑というべきか。話せば長いことながら……実のところ洵には理解しがたいというのが正直なところだった。

とはいえ、異国の地でカフェ経営など、おいそれとできるものではない。

兄弟のように育った従兄の決断力と実行力には敬服の念を覚えるし、それ以上に強い憧れを持っていた。一方の自分は、どこにでもいる大学生だ。

そんな自分を変えるきっかけになるかもしれないと考えたのも、旅行を決めた理由だった。

「えぇっと、地図だとこのへん……」

デジタル機器が表示する地図が正しくても、それを読めなくては意味がない。

結局街ゆく人に尋ねるしかなくなって、英語が通じそうな若い世代の人を選んで声をかけたら、皆快く案内してくれた。

洵が日本人だとわかると、なぜか嬉《うれ》しそうにして、より親切にしてくれる。

どういうわけか、どの人にも「おいくつ？」とか「学生さん？」とか訊かれるので、怪訝《けげん》に思いながらも大学生であることを伝えると、皆驚くのだ。その理由は、最後に道を尋ねたカップルの言葉でわかった。

「中学生くらいかと思ったわ。ひとりで日本から来たなんてすごい！　って」

童顔で少女のような面もちの洵は、海外では相当若く見られるらしい。となると昔から兄弟に間違われるくらいよく似ている従兄も……？　子どもに間違われるような状況で、店の経営などできているのだろうか。

多少心配になりつつも、道を尋ねる都度弾む会話に足止めを食らいつつ、なんとか端末のディスプレイに表示される地図上にピンの立つ場所を捜しあてる。

日本とは違い大きくてわかりやすい看板の出ている店は少ないから、一見しただけでは何を売っている店なのかわからない場合が多い。

そんなときのためにと、事前にメッセージアプリでのやりとりのなかで、従兄が店の外観写真を送ってくれていた。

それを表示させて、ぐるりと視線を巡らせる。

「あ！」

路地の角に、特徴的な小豆《あずき》色のひさしを見つけた。写真に写っているのと同じものだ。

「よかった！　迷わずに来られた！」

大きなスーツケースをゴロゴロと引きずって、店に駆け寄る。

「磨生《まお》ちゃん、来たよ！」と勢いよくドアを開けようとして、しかしできなかった。

「……あれ？」

店のドアが開かない。

ドア横のガラス窓から店内を覗《のぞ》き込んで、そして様子がおかしいことに気づく。客の姿がないのだ。

よくよく見れば、店のドアに張り紙。フィンランド語のそれが読めなくて、洵は携帯端末の翻訳アプリを立ち上げた。

「え？　お休み？」

張り紙には、「しばらく休みます」と書かれていた。だが、そんな話は聞いていない。

つい一昨日、最終確認のやりとりをしたばかりで、従兄の磨生からは、「お店があるから迎えにいけないけど、気をつけてきてね」と返信をもらっているのだ。

「……嘘《うそ》」

どうして？　と呟《つぶや》く。メッセージアプリの無料通話機能を使って電話をかけてみるが繋《つな》がらない。いや、出ない。

「どうしたんだろ……」

なにかあったのだろうか。事故とか病気とか……。

だが連絡がつかなければどうしようもない。

隣近所の店の人に話を聞いてみようか。英語が通じるといいのだけれど……。

右隣は薬局だった。角を曲がって左側はテイクアウト専門のお菓子屋さんだった。いやパン屋さんかもしれない。甘そうなデニッシュなどがショーケースに並んでいる。

どうしようかと考えて、まずは薬局の人に訊いてみることにする。

店を覗いて、ダメそうだ……と胸中で呟いた。店番をしていたのは、白髪のご婦人で、やさしそうな人だけれど、英語は通じそうにない。

ためしに、「Excuse me?」と声をかけてみたけれど、案の定、「Tervetuloa!」と返される。

フィンランド語で「いらっしゃいませ」の意味だ。

「お隣のお店のことでおうかがいしたいのですが……」

「……？」

英語で尋ねると、白髪のご婦人は不思議そうな顔で首を傾《かし》げた。やっぱり通じない。

失礼しましたと詫《わ》びて店を出る。だめもとで反対側のお菓子屋さんをあたってみよう。それでダメなら、ホテルを探して従兄からの連絡を待つよりほかない。

念のため、伯母——従兄の母親で、洵の母の姉だ——に連絡が入っていないか確認のメッセージを送ってみたら、「楽しんでらっしゃいね！」とのんきなレスが返されただけだった。ということは、親に連絡がいくような深刻な事態には陥っていないということか。

もしかして……と、ひとつの可能性をよぎらせつつ、念のためにお菓子屋さんに尋ねてみようと、店の前に戻る。するとそこに、さきほどはなかった人の姿があった。

サングラスをかけた、チンピラ風のふたり組。

よもや客ではあるまい……と、少し迂回《うかい》してやり過ごそうとした洵に、じっと向けられる視線。お隣のお菓子屋さんに駆け込もうとする寸前で、「おい」と呼び止められた。

フィンランド語だが、こういう短い言葉の意志の疎通は、なぜか世界中どこへ行ってもかなうものだ。

「へ？　………え？」

なぜ自分に声をかけてくるのかわからず、それでも跳び上がるようにして足を止めてしまう。それほどに迫力があった。

「おい、おまえ、ここの店主の兄弟かなんかか？」

「………は？」

「あのガキ、どこへ逃げやがった！　借金の返済日はとうにすぎてんだよ！」

何を言われているのかチンプンカンプンではあるものの、相手が怒っていることだけはわかる。

磨生が何かしでかしたのか、それとも言いがかりをつけられているのか、競合他店からのいやがらせか。

いくつか可能性を探るものの、解決策など見つかるわけもない。日本だったら一一〇番通報をすればいいのだが、フィンランドではどうするのが一番いいのだろう。

「あ、あの……」

ものすごい剣幕でまくし立てられて、洵は青くなった。

身の危険を感じて、周囲を見渡すものの、静かな町並みに人通りは少ない。

――磨生ちゃん、なにしたんだよ～っ。

半泣きで後ずさる。それともただの強盗か？　とにかくパスポートだけは守らなければ！

「お、お金なら……っ」

強盗なら、現金だけで勘弁してもらうよりほかない。だがチンピラ風の男たちは、洵が差し出した現金にチラリと視線を落としただけで、ふんっと鼻で笑い飛ばした。

「この程度で足りると思ってるのか！」

「もうとっくに期限はすぎてるんだぞ！」

怒鳴られて、意味もわからぬままに洵は首を竦《すく》ませる。

――どうしたら……。

膝《ひざ》が震えて、もはや逃げることもままならない。店の壁に追い込まれて、ぎゅっと目をつむったときだった。

「子ども相手に恫喝《どうかつ》とは誉《ほ》められた行為ではないな」

低い声が男たちの背後からかかって、過敏に反応したのは洵ではなくとり囲む男たちのほうだった。

「なんだ、貴様！」

相手を確認もせず怒鳴る。そのあとで、何かに気圧《けお》されたかのようにぐぅっと喉《のど》を鳴らして押し黙った。

「どうやら違法な取り立てのようだが？　出るところに出てもいいのだぞ」

フィンランド語だから、洵には何を言っているのかわからない。けれど、男たちが押し黙るよりほかない威圧感とともにゆっくりと歩み寄ってくる長身のシルエット。洵は啞然呆然《あぜんぼうぜん》とそれを眺めているだけだ。

スリーピースのスーツに曇りひとつない革靴、しゃれた柄のネクタイ。そうしたアイテムを着こなすに足る体軀《たいく》の上にのるのは、絵に描いたような金髪碧眼《へきがん》美丈夫。フィンランド国民の九十パーセント以上を占めるフィン人の特徴を完璧《かんぺき》に備えている。

何者かは知れないが、それなりの立場にある人物であることは醸す雰囲気からわかる。この地の名士かもしれない。

「お、おい、こいつ……」

男たちのひとりが、リーダー格らしい男に潜めた声で何やら囁《ささや》く。言われたリーダー格の男が何かに気づいた様子で、忌々しげに吐き捨てた。

「……くそっ」

汚い言葉というのは、どの国に行ってもあまり変わらないのだな……などと、どうでもいいことを考えてしまう。洵を囲んでいたチンピラたちが、声をかけてきた紳士を迂回するように立ち去る。

囲む影がなくなって、洵はホ…っと息をついた。ずるずるとその場にへたり込む。膝が笑っている。心臓もドクドクと煩《うるさ》い。

長身の紳士が、洵の顔を覗き込むようにすぐ前に片膝をついた。

「きみ、大丈夫かい？」

かけられた言葉は英語だった。旅行客だと判断したのだろう。

「だ、大丈夫…です……」

ありがとうございます……と掠《かす》れた声で礼を言う。

間近に見上げると、目がチカチカしそうな金髪と抜けるような透明感のアイスブルーの瞳だった。

「見たところ怪我《けが》はないようだが、ひどいことはされなかったかい？」

「は…い」

手を上げられる前に助けてもらったから……と、どうにかこうにか微笑《ほほえ》んで見せる。引き攣《つ》っていたかもしれないが、紳士を安心させることはかなったようだ。

そうはいっても腰が抜けた状態で動けないでいると、紳士は「あまり大丈夫ではないようだな」と、手を差し伸べてくれる。どうしようかと思っていたら、その手が洵の脇に差し込まれて、軽々と引き上げられた。だが足元がふらついて、紳士の広い胸に倒れ込んでしまう。

「す、すみませ……っ」

「立てるかい？」

「は、はい……」

大丈夫だと、身体《からだ》を離そうとしたものの、洵の腰を支える紳士の腕は解かれない。結果的に洵は、紳士の胸に痩身を寄せるような恰好《かっこう》になる。

紳士は店の看板を見上げて、「ここは……たしか日本人が経営しているカフェだったな」と呟いた。その声は洵にかけられたものではなく、彼の背後に向いている。

靴音がして、「はい」と返す声。

ダークスーツを纏《まと》った、紳士と変わらぬ長身の男性の姿があった。だが、今洵の腰を抱く紳士とは真逆の雰囲気の持ち主だ。プラチナブロンドに薄い緑眼。銀縁眼鏡《めがね》をかけているのもあって、光の加減によっては何色かわからない瞳の色をしている。

紳士の秘書か部下らしいと察した。

「ここ僕の従兄のお店です。今日着くって話はしてあったんですけど……」

大学の夏休みを利用して従兄を訪ねてきたら、やっているはずの店は閉まっていて、突然男たちに囲まれて何やらわめきたてられて、状況がつかめていないのだと説明する。「大学生？」と少し驚いた顔をしつつも、紳士は頷《うなず》いて、洵の話を聞いてくれた。

「調べてくれ」

「かしこまりました」

秘書らしき男性が頷く。

「え？　あの……？」

紳士が何をしようとしているのか、わからなくて戸惑う。助けてもらったのはありがたいけれど、何者かもわからない相手に迷惑をかけることはできない。

「この国の者として、困っている旅行客を放ってはおけない」

「でも……」

正直なところ、紳士だからといって完全に信用していいものか、計りかねていた。だが、紳士のアイスブルーの瞳には、さからえない何かがあるようで、頷かざるをえなくなる。

「私はアレクシス・エーヴェルト・ヴィルマンという。彼は秘書のクリスティアン」

アレクシスと名乗った紳士に促されて、銀縁眼鏡の秘書が腰を折る。

「クリスティアン・イングヴァルと申します」

嘘か本当かはかる術《すべ》はない。けれど、この状況で嘘をつく意味があるとも思えない。

「洵……始良洵といいます」

気づけば洵は、本名を告げていた。

「Aila《アイラ》？　素敵な名だ」

誉め言葉もさりげない。日本人男性に足りないのはこういうところなのだろうな……と思わされる。

「助けていただいて、本当にありがとうございます」

今一度頭を下げると、紳士は気にしなくていいというように、端整な口許《くちもと》に笑みを浮かべる。

「店は閉まっているようだし、このままここにいても埒《らち》が明かないな」

アレクシスの言葉を受けて、クリスティアンが近くに停《と》められていた車に合図を送る。降りてきた白手袋の運転手が、洵の大きなスーツケースを車のトランクに運び入れてしまった。それについて、どうこう言える雰囲気ではない。

「ホテルは？　予約してあるのかな？」

「いえ……従兄の部屋に泊まるつもりでいたので……」

「ではひとまず、そちらに行ってみることにしよう」

住所を訊かれて、洵はスマートフォンのディスプレイにメモした住所を表示させる。それを確認したアレクシスが、フィンランド語で運転手に指示を出した。

従兄の磨生の住まいは、店からほど近い場所にあった。徒歩で通勤可能な距離だ。パステルカラーの外観が可愛《かわい》らしいアパルトマンの五階。——が、案の定、呼び鈴を押しても返答がない。ドアには鍵がかかっている。

店の前に着いたときに確認のメッセージを送信したメールにもメッセージアプリにも、まだレスはない。メッセージアプリのほうには既読マークすらついていない。

ホントにどうしてしまったのだろう。単に忘れているだけならいいけれど、事故や病気だったりしたら……。

「僕、ここで待ってみます。本当にありがとうございました」

もうここで大丈夫だとアレクシスに礼を言う。仕事の途中なのだろうし、これ以上の迷惑はかけられないと思ったのだ。だが彼は心配そうに眉根《まゆね》を寄せて、ひとつ息をついた。

「家主が帰ってこなかったらどうするつもりだい？」

「えっと……どこかホテルを探して……」

ホテルなら英語が通じるだろう。問題があるとすれば予定外の出費だ。

従兄の部屋に泊まるつもりでいたから、宿泊費は旅行予算に入っていない。帰りのフライトのチケットはもうとってあるからいいけれど、ホテルに泊まっていたらすぐに予算がつきてしまう。本当は夏休みの間ずっとフィンランドにいるつもりで来たのだけれど……。

皆まで言わずとも、従兄の部屋に泊まるつもりでホテルを予約していないと説明した段階で、洵の懐《ふところ》に余裕がないことは予測がついたのだろう、紳士が苦笑する。

「やはり、放っておけないな」

そう言って、洵の肩を抱く。

そこへ、アパルトマンの前に着いてすぐに電話に応じていたクリスティアンが、エレベーターで上がってきた。

「確認がとれました。市内の病院にも警察にも、伊井田《いいだ》磨生という人物が収容された痕跡《こんせき》はありません」

わざわざ病院や警察に確認をとってくれたのだとわかって、洵は驚く。

「そこまで……本当にすみませんっ、お手数をかけてしまって……」

「電話一本で済むことですから、お気になさらず」

そう返したのはクリスティアンだった。

「ひとまず屋敷に戻りましょう。彼も疲れているでしょうから」

そう提案して、エレベーターの昇降ボタンを押す。アレクシスは頷いて、洵の肩を促した。

「郊外に館《やしき》がある。私の招待を受けてもらえるかな？」

アイスブルーの瞳に微笑まれて、洵はうっかりポーッと見惚《みほ》れてしまった。

男性相手に使う言葉ではないのかもしれないけれど、本当に綺麗《きれい》で、自分が女の子だったらきっととうに恋に堕《お》ちているのではないかと思わされる。

「あ…りが、とう…ございま、す……」

ご厚意に甘えます……と頷くと、アレクシスの口許に満足げな笑み。

「狭い館で恐縮だが、使用人たちも皆気のいい者ばかりだ。きっと気に入ってもらえる」

——使用人？

なんだか聞いてはいけない単語を聞いた気持ちで、洵は瞳を瞬いた。

紳士の醸す雰囲気といい、秘書を連れていることといい、運転手付きのスリーポインテッドスターの最上位車種といい……お金持ちであることは一目でわかるが……。

戸惑いを言葉にすることもできないまま、洵は車に乗せられ、ヘルシンキ市街を走り抜け、郊外へ。

さすがは森と湖の国と言われるだけのことはある。少し郊外に走っただけで緑の自然に囲まれた。まるで自然公園のなかをドライヴしているかのような景色が車窓に広がる。

だが、素晴らしいドライヴは、それほど長くはつづかなかった。

やがて大きな門が見えて、車が近づくと、それが自動で開く。門の奥に長いスロープがつづいていて、その向こうに館……宮殿……いや、古城といった雰囲気だ。北欧のわりに繊細なつくりの、整形庭園に囲まれた館が見えた。

古城ホテル？　と頭上に盛大なクエスチョンマークを散らしているうちに、車は静かに車寄せに滑り込み、待ち構えていた初老の男性と白いエプロンをした中年の女性に出迎えられる。

運転手が恭しく後部ドアを開けると、まずはアレクシスが降り、それから洵の側のドアを開けてくれる。手を差し伸べられて、この手を取らなくては失礼になるのだろうかと首を傾げながら、おずおずと手を差し出した。

その手を取られ、エスコートされる。荷物は運転手が運んでくれるらしい。

「しばらく我が館に滞在することになった姶良洵くんだ。よろしくたのむ」

アレクシスが洵を紹介すると、白い口髭《くちひげ》をたたえた初老の執事らしき人が、目尻《めじり》の皺《しわ》を深めて微笑む。

「お待ち申しておりました。執事のヤコブと申します。なんなりとお申しつけくださいませ。どうぞ、こちらへ」

返された言葉は英語だった。やっぱりホテル？　などと目を白黒させていたら、天井の高い広い部屋に案内される。ホテルのロビーだろうか？

天井まである大きな窓の近くのソファへ促され、年代物の椅子《いす》に躊躇《ためら》いがちに浅く腰かける。よごしてはいけない気がしてなんだか落ちつかない。

アレクシスは向かいの椅子に腰を下ろし、長い脚を組んだ。悠然と背をあずける姿を見て、洵も少し肩の力を抜く。

館は高台に建っているようで、窓から眺められる景色が絶景だった。館を囲むように設《しつら》えられた整形庭園の向こうに、手つかずの緑が見える。針葉樹の森の向こうで光を反射しているのは湖だろうか。

「綺麗……」

北欧の夏は短い。短いがゆえに、自然は生き生きと、めいっぱい煌《きら》めいているように見える。

「出てみるかい？」

この時期ならテラスでお茶をするのもいい……と、アレクシスが手を差し伸べてくれる。いちいちエスコートされるのに慣れないものの、恥ずかしいだけで嫌ではない。

細工の施された真鍮《しんちゅう》のドアノブが印象的な窓を開けると、心地好《よ》い風が頬《ほお》を撫《な》でる。バルコニーは広く、洵が日本で借りているアパートの部屋が丸々入ってしまいそうだ。そこにガーデンテーブルのセットとデッキチェアが置かれている。

バルコニーから庭を見下ろすと、意外に高くて驚く。だがそのぶん、眺望は素晴らしい。空気も綺麗で、洵は深呼吸をした。

「こちらでお茶になさいますか？」

執事の提案に、アレクシスが「そうしよう」と頷く。

すると、執事の背後から白エプロンの女性がワゴンを押して進み出る。そして、バルコニーのテーブルにお茶のセッティングをはじめた。

近年注目を集める北欧デザインの代表格、アラビア窯《かま》のティーセットに、クラウドベリーのタルトがサービスされる。テーブル中央に置かれた大皿には、フィンランドの伝統菓子カレリア・パイとコルヴァプースティが盛られ、生のベリーが数種類飾られている。

カレリア・パイというのはライ麦のパイ生地でミルク粥《がゆ》の具を包んだもので、フィンランド語ではカレリアンピーラッカという。

コルヴァプースティというのは、「平手打ちされた耳」という意味で、ようはシナモンロールのことだ。――が、日本でよく知られている形ではなく、クロワッサンの左右を潰《つぶ》したような形をしている。

クラウドベリーもフィンランドの夏には欠かせない果物で、フィンランドの北部ラップランドで育つ、オレンジ色の実が目に鮮やかだ。首都ヘルシンキなど南部では、あっという間に売り切れてしまうほどの人気で、生で食べるほかジャムなどにもするらしい。

世界で一番コーヒーを飲む国のひとつに挙げられるフィンランドらしく、スイーツのおともはやはりコーヒーだ。

フィンランドでは、仕事の合間の休憩時間のことを「kahvitauko《コーヒーブレイク》」といい、労働者の権利として法律で認められているほどだ。「お茶しましょう」との誘い文句と同じ意味で、「コーヒーを飲みに行きましょう」という一文が用いられる。

濃く抽出したエスプレッソを好むイタリアとは対照的に、浅煎《い》りで酸味の強いコーヒーが好まれる。そのためかミルクやクリームなどを入れず、ブラックで楽しむ人が多いという。

実はコーヒーがあまり得意ではない洵がどうしようかと思っていると、女中頭のハンナ＝カティと名乗った女性が、洵の内心を読んだかのように声をかけてくれる。

「紅茶もご用意しておりますが、いかがなさいますか？」

「あ……じゃあ、紅茶をお願いします」

「かしこまりました」

アラビア窯のティーポットに、ハーブの香りのする紅茶が用意される。フィンランドで有名なアロマティーだと教えられた。

「ありがとうございます」

礼を言って、繊細な図柄の描かれたアラビア窯のティーカップに口をつける。さっぱりとして香りのいい紅茶だった。

「美味《おい》しい……」

洵の呟きに、ハンナが「それはようございました」と微笑む。向かいの椅子で、アレクシスはコーヒーをブラックで口に運ぶ。彼にとっては馴染《なじ》んだ味なのだろう。

「パイもタルトも手づくりですから、たくさん召し上がれ」

小さな子どもに言葉をかけるように言って、ハンナが中央の大皿から、カレリア・パイとコルヴァプースティを取り分けてくれる。

焼き菓子の甘い香りに、シナモンのスパイシーさ、クラウドベリーのさわやかな香りが相まって、食欲をそそる。

図々《ずうずう》しいのもどうかと思うが、ここで遠慮するのも失礼な気がして、洵はありがたく手を合わせた。

「いただきます」

そして、まずは日本では聞き慣れないクラウドベリーのタルトにフォークを落とす。和名は幌向苺《ほろむいいちご》といって、木イチゴの仲間だ。日本でも本州北部から北海道《ほっかいどう》あたりで採れるらしい。オレンジ色の粒々食感が特徴的だ。

「美味しい……！」

素直な感動を口にすると、ハンナがニッコリと微笑む。コーヒーカップを手にしたアレクシスが口許をゆるめた。

大ぶりなタルトをあっさりと胃におさめて、ついではじめて見るカレリア・パイを手に取る。かぶりつくとミルク粥の甘さとライ麦の生地がとてもいいバランスだった。

日本でも市民権を得て久しいシナモンロールだが、本場のコルヴァプースティはいったいどんな味なのだろう…と興味津々で頬張る。やはり、日本で食べるものとはひと味もふた味も違った。シナモンの香りもいいが、食べてみるとカルダモンが利いている。これがふた味違う理由のようだ。

洵の表情だけで、満足だと理解したのだろう、ハンナが小さな子どもを見るような眼差《まなざ》しでふふっと笑う。その隣でヤコブもほくほく顔だ。

そこへ、どこかへ消えていたクリスティアンがやってきて、アレクシスに何やら耳打ちする。アレクシスが頷くのを確認して、洵に顔を向けた。

「警察には手をまわしておきましたが、従兄の磨生さんが事故や事件に巻き込まれた可能性は低そうです」

それでも安心はできないし絶対ではないから、今後も注意してもらえるように警察には依頼をしてあると説明される。さらに、「消息を捜させています」と言われて、洵は口をつけていた紅茶に噎《む》せかけた。

「……え？　それは……」

まさか人を使って捜しているとか、そういうこと？

「ご心配なく。傘下《さんか》のエージェント会社を使っているだけですので」

お気になさらず、と言われても、気にならないわけがない。

――傘下の、って……。

またも聞いてはいけない単語を聞いてしまった気がした。

そういえば、アレクシスは何者だろうか。こんな宮殿のような館に住んでいて、秘書はまだしも、執事や女中頭までいる生活をしている。「傘下の」ということは、大きな企業グループを率いる立場にあるということだろうか。

「それから、あのお店ですが、ずいぶんと借金があるようで……あの男たちは、借金の取り立て屋のようです」

何か話を聞いていないかと訊かれて、洵は驚いて首を横に振った。

「借金!?」

すべて自己資金で開店できるはずもなく、当然借金はしているだろうと思っていたが、銀行や行政以外のところから借りているなんて思ってもみなかった。もちろん磨生から聞いたこともない。

とはいえ、学生の洵に相談したところでなんの助けにもならないわけで、もしかしたら伯父や伯母は何か知っているのかもしれない。

ということは、借金の取り立て屋から逃げるために姿を消したのだろうか。だから慌てていて、洵に連絡をできなかったのだろうか。それとも、逃げる途中で何か大変な事態に陥ったのだろうか。

でも、クリスティアンは、事故や事件の可能性は低いと言っていた。だとしたら、どこかに身を隠しているのかもしれない。

「そんな……」

知っていたら、のこのこと夏休みをすごしにやってきたりなどしなかったのに。

フォークを置いてしまった洵に気遣う視線を落として、クリスティアンがまた何かアレクシスに耳打ちする。アレクシスが頷くと、クリスティアンは「心配無用です」と言葉を落とした。

「……え?」

「こちらで手を打ちましたから、もうあのような柄の悪い連中が店の周囲をうろつくことはありません」

あんなことがつづいては店の評判を落としてしまいますからね…と気遣われて、洵は大きな目をパチクリさせる。

「そ、そこまでしてもらう理由が……」

ほんの数時間前に会ったばかりの自分に、そこまでしてくれる理由が見つからなくて、洵は戸惑う。

美味しいシナモンロールに舌鼓を打っている場合ではなくなって、洵は膝の上で手を握り、首を竦《すく》めた。

「助けてもらっただけでもありがたいのに、これ以上は……僕にはお礼のしようもないですし……」

恐縮しきりと、唇を噛《か》む。

「ありがとうございました」「たすかりました」と、にこやかに手を振ってサヨナラできるような図太い神経は持ち合わせていない。どうしていいかわからなくなって、洵は視線を落とす。

するとアレクシスが、手にしていたコーヒーカップをソーサーに戻し、腰を上げた。

「気にすることはない」

傍らに立つ長身。伸ばされた手が頬を撫でて、洵は促されるままに顔を上げる。

「私がたまたまきみを見かけたのも何かの運命だ。せっかく遠い日本から来たのだから、フィンランド滞在を楽しんでもらいたい」

好意を受け取ってもらいたいと言われて、洵は「でも……」と躊躇う。

「従兄の彼が見つかるまで、館に滞在すればいい」

なんなら、夏休みの間ずっといてくれてもかまわないとまで言われて、洵はますます返答に窮した。

「洵？」

頷くだけでいいのだと、やさしい笑み。頬を撫でる手の温かさ。アイスブルーの瞳に促されるままに、コクリと頷く。

「決まりだ」

アレクシスが顔を向けると、まずは執事が進み出る。

「お部屋のご用意はできております。ディナーはフィンランドの伝統料理をご用意いたしましょう」

すでに準備万端整っていると言われて、洵は目を見開いた。

「長旅でお疲れでしょう？　まずは汗を流されてはいかがです？　フィンランド式サウナをお楽しみいただけますよ」

フィンランドはサウナ発祥の国だ。熱く焼けた石に水をかけて蒸気を発生させることで温度を上げるロウリュと呼ばれるやり方がフィンランド式で、冬は積もった雪に飛び込んだり、白樺《しらかば》の葉で体を叩《たた》いたりする光景が、日本でもよく知られている。

「サウナ、楽しみにしてたんです！」

思わず返してしまって、それから「あ……」と口許を押さえた。今さっきまで遠慮していたくせに……と自分の反応を恥じる。

「フィンランド人にとってサウナはなくてはならないものだ。洵もきっと気に入る」

バスタブもあるから日本人の洵にも寛《くつろ》げるだろうと言われて、またも瞳を輝かせると、アレクシスが愉快そうに笑った。

「素直なのはいいことだ」

そう言って、小さな子どもを誉めるように頭を撫でられる。

「あ…の、お世話になります」

お言葉に甘えます……と改めて頭を下げると、ヤコブとハンナも微笑ましげに頷く。客をもてなすのが楽しくてならないというように。

アレクシスに肩を抱かれて案内された部屋は、古城ホテルの一室を思わせるスイートルームだった。広いリビングの奥に天蓋《てんがい》付きのベッドの置かれたベッドルームがあって、天井まである大きな窓の向こうのバルコニーはそれぞれ独立したつくりだ。

サウナ付きのバスルームまであって驚いていたら、もっと広いフィンランド式サウナが別にあるから、そちらを使うといいと言われてしまう。

「充分に広いですけど……」

日本の温泉施設にあるくらいの広さのサウナが、ゲストルーム用として設けられているのだ。

ヤコブに備品の場所等の説明を受けたあと、アレクシスに肩を抱かれて部屋を出る。

「向こうは湖が目の前にあるから、飛び込んでも平気だ」

そういうシーンとともにフィンランドのサウナがメディアで紹介されることは多い。冬なら雪に飛びこむのだろうが、今は夏だ。北国フィンランドであっても泳ぐことができる。

アレクシスに案内されたのは、デッキの向こうが湖に繋がった広い浴室だった。日本の温泉のような大きな湯船に湯が張られ、広いサウナからはデッキに直接出られるつくりになっている。

デッキからの眺めも素晴らしかった。透明度の高い水をたたえた湖面に陽光の煌めき、その向こうには深緑の森。どうやら館の裏手にあたるらしい。

「ゆっくりと汗を流すといい」

ひととおりサウナの使い方を説明して、「着替えは届けさせよう」と、アレクシスはヤコブをともなって出ていった。

こんな広いお風呂にひとりで残されても……と所在なさに襲われたものの、せっかくの好意だからと本場のサウナを堪能《たんのう》させてもらうことにする。

「こんなすごいサウナに入れるチャンス、きっと二度とないだろうし」

どこに行ったのかわからなくて不安ではあるのだけれど、アレクシスに出会うきっかけをくれた点においては、行方知れずの従兄に感謝だ。

それに洵には、従兄の磨生の行き先として実のところもしかして……と思うところがあった。行き先という言い方は正しくないかもしれない。行った先はわからないが、行動パターンとして想像のつくものはある。

「磨生ちゃん、もしかしてまた……」

呟いて、長嘆をひとつ。

実は以前にも、磨生の引き起こした騒動にまき込まれた経験がある。それも一度や二度ではない。けれど、フィンランドに渡ってからは、磨生の悪癖もなりを潜めていると思っていたのだけれど……。

言っても詮無いと考えを改めて、目の前の状況を楽しむことにしようと気持ちを切り替える。

十時間近いフライトのあとなのだ。肩までのたっぷりの湯に浸《つ》かって疲れを癒《いや》したい。

まずは広い湯船を堪能して、それからサウナへ。さわやかな木の香りのなかで、用意されていた水を飲みながら汗を流す。

今は暖かい季節だからいいけれど、氷に閉ざされる真冬になったら、サウナでなければきっと身体の芯まで温まらないのだろうと想像した。

倒れる前にサウナを出て、湖に繋がるデッキへ。誰の目もないとわかっていながら、それでもやっぱりタオルを巻いてしまう。湖に足をつけると、ひんやりと気持ちよかった。

「すごいや……どんな一流ホテルでも、こんな体験できないよ」

太陽が高い位置にあるのは、早朝に着くフライト便だったからというのもあるが、それだけではない。北欧の夏、太陽はなかなか沈まない。一日がとても長いのだ。

少し身体を冷ましたら、またサウナに戻って汗をかき、最後にもう一度たっぷりの湯に浸かってホッと息をついて、充分に温まってバスルームを出る。

脱衣所……と呼ぶには申し訳ない広さの隣室には、ガウンと真新しい着替えが一式。洵が着ていたものは洗濯にでも出されたのか見あたらず、ポケットに入れていたスマートフォンだけが新しい着替えの上に置かれていた。

ガウンなんて、袖《そで》をとおすのも洵ははじめての経験だ。愉快な気持ちになって真っ白なガウンを羽織り、横に十人は並べそうな鏡の前で髪を乾かす。あまりこだわりのない洵にはよくわからないものの、アメニティ類も充実している。女性ならきっと歓喜するシチュエーションに違いない。

着替えは、下着から靴まで新品で揃《そろ》えられていた。いったいどうやって用意したのだろうかと首を傾げる。アレクシスにそんな大きな子どもがいるようには見えないが、自分と同じ年頃の体型の似た子どもでもいるのだろうか。

タグにはヨーロッパの有名ブランドのカジュアルラインのロゴ。袖をとおしてみたら、ぴったりだった。靴もサイズが合っている。

ここが本当にホテルなら、有名ブランドのショップが入っていても不思議はないけれど、たとえお城のようであっても、ここは個人宅なのだ。それはありえない。

怪訝に思いながらもバスルームを出ると、いったいどういう仕組みなのか、廊下の角からヤコブが姿を現して、「いかがでしたか?」と微笑みかけてくる。

「ありがとうございます。疲れが取れました。それで、これは……?」

着ているものを指して問うと、「旦那様のお見たてです」と、ちょっとずれた応《こた》え。「よくお似合いでございますよ」と微笑みで返される。

洵が訊きたいのはそういうことではないのだが、「お部屋へご案内します」と前をいくヤコブにそれ以上訊けなくて、洵は口を噤《つぐ》んだ。

さきほど案内されたゲストルームに戻ると、そこにはまたもお茶の用意が整っている。今度はハーブティーだ。

「ディナーの準備が整いましたら、お呼びいたします」

それまではどうぞお寛ぎくださいと一礼を残してドアは閉められた。

部屋の片隅に、洵のスーツケースが運び込まれている。ソファの上に、ついほったらかしにしてしまったポシェットもそのままだ。パスポートや貴重品が入っているのだから気をつけなければ。

ベッドルームの奥にはウォークインクローゼットがあって、大量の洋服や小物をしまえるようになっているけれど、わざわざハンガーにかけて皺をとる必要のあるような洋服など持ってきていないし、靴も洗濯に出されてしまったスニーカーのほかにはビーチサンダルがスーツケースに入っているのみだ。

部屋のバスルームもアメニティは充実していて、もはやスーツケースを開く必要もないのでは…と思われた。

結局、スーツケースから取り出した私物は、スマートフォンの充電ケーブルとパジャマのみ。メールとメッセージアプリと両方とも確認してみたけれど、どちらにも磨生からのレスは入っていない。

「本当に、どこ行っちゃったんだよ……」

ひと言くらい連絡があってもよさそうなものなのに……と、ため息をつく。

ひとつ思いついて、洵は充電途中のスマートフォンを取り上げた。アレクシスの名前を検索にかけてみようと思ったのだ。

こんなすごい館に住んでいるのだから、きっとこの街の名士に違いない。だったら、何かしら情報が出てきてもおかしくはない。会社経営者なら、会社のオフィシャルホームページに記載があるはずだ。

Aleksis Eevert Willman《アレクシス・エーヴェルト・ヴィルマン》の名前で、すぐにヒットした。しかも、思いがけずたくさん。とりあえず一番上のリンクをクリックしてみる。ビジネス系の雑誌社のオンライン記事のようだった。

「……」

いくらも読まないうちに、洵は言葉を失《な》くしていた。

世界的に名を馳《は》せる電子機器メーカーの創業者の孫であり筆頭株として、Aleksis Eevert Willmanの名前が記載されていた。

「フィンランド貴族……？」

その昔は領主として一帯を治めた家柄の当主で、ラップランドや湖水地方の自然保護活動に力を注いでいる、とも書かれている。

「えぇえ……っ!?」

ついうっかり叫んでいた。

「うそでしょ……貴族……!?」

記事にはアレクシスの写真も添えられていて、間違いはない。アレクシスの端整な容貌《ようぼう》は写真に映えて、まるでシネマ雑誌の巻頭を飾るグラビア記事のようだ。とてもビジネス誌のインタビュー記事とは思えない。

ノックの音がして、「洵？」とドアの向こうからアレクシスの声。悪いことなどしてないはずなのだけれど、つい慌ててスマートフォンを背中に隠してしまう。

「ど、どうぞ」

心臓が跳ねて、応じる声が上ずる。

「どうした？」

叫び声が部屋の外にまで響いたのかもしれない。心配気に訊かれて、洵は大きな瞳を瞬いた。

「え？　いえ……その……」

なんでも……と、ソファの上で両手を背中にやってもじもじ。アレクシスが怪訝そうに眉根を寄せて、そしてすぐにそれに気づいた様子だった。

「なにを隠している？」

愉快そうに尋ねられて、洵は驚いて首を横に振る。だがそんな抵抗は無駄だった。

「あ……っ」

背中に隠していたスマートフォンを見つかって、何やら閃《ひらめ》いた顔のアレクシスに取り上げられる。

「だ、ダメ……っ」

スリープモードに切り替わる前のディスプレイを見られてしまった。アレクシスは、そういうことか…と納得した顔で、スマートフォンを返してくれた。

「……すみません」

失礼なことをしてしまったと詫びる。するとアレクシスは、洵のすぐ横に腰を下ろして、恐縮する洵の頬をやさしく撫でた。

「いや、ちゃんと自己紹介をしなかった私が悪い」

洵が詫びることなど何もないと言われて、ホッと安堵《あんど》する。

「このお館、本当にお城だったんですね」

天井を見上げ、大きな窓から眺められる広大な庭に目をやって、洵は改めて感嘆を零《こぼ》す。そして、アレクシスの親切にも合点がいった。

時代が時代なら、領主さまと呼ばれていた人物なのだ。自国を訪れる旅人に対して心を配るのは当然のことなのだろう。

「古くて、きみのような若い子には退屈かもしれないが……」

「そんなことありません！　とても素敵です！」

身を乗り出して訴える。アレクシスは少し大袈裟《おおげさ》に驚いて見せて、洵の肩を宥《なだ》めるようにやさしく撫でた。

「サウナで汗をかいて、お腹が空《す》いただろう？　シェフが腕によりをかけてディナーを用意しているよ」

これだけ外が明るいとディナーという気分ではないかもしれないが……と苦笑する。

「このあたりだと、何時くらいまで明るいんですか？」

「夜の九時すぎかな。白夜が見たければ、ラップランドの離宮に招待しよう。冬ならオーロラも見られるんだが……」

「オーロラ!?」

またも現金に目を輝かせてしまって、洵は「あ……」と両手で口を押さえた。その反応をクスクスと笑われる。洵は気恥ずかしげに首を竦めた。

「さあ、料理が冷めてしまう」

女性のようにエスコートされるくすぐったさも、相手が元貴族だと思えば、現代っ子の洵にとってはアトラクションのようなものだ。こんな経験は二度とできないのだからと、この状況を楽しむことができる。

シェフが腕によりをかけたというディナーは、名物のニシン料理の前菜に、サーモンのスープ、カーリカーリュレートというフィンランド風のロールキャベツは焦げ目がついているのが特徴だ。レイパユーストという独特の食感の焼きチーズは、クラウドベリーソースをかけていただく。

事前に調べた情報では、たっぷりのマッシュポテトが添えられるのがフィンランド料理の特徴で、それは一流レストランでも変わらないと書かれていたのだけれど、出された皿はどれも繊細かつ芸術的な盛りつけで、北欧料理にありがちな大雑把さや武骨さとは無縁だった。

もしかしたら日本人の繊細な胃袋を気遣って、シェフが特別に用意してくれたメニューなのかもしれない。

正直、北欧のグルメにはあまり期待していなかったのだけれど、いい意味で裏切られた気分だ。

デザートにはベリー類をたっぷりと使ったフレッシュなムース。軽い食感で、洵にもペロリと平らげることができた。

「ごちそうさまでした。とっても美味しかったです！」

綺麗に平らげられた皿を見て、ヤコブがほくほくと目を細める。「日本人に誉めてもらえるのは光栄だ」とアレクシスも口許をゆるめた。

「日本の方の味覚の繊細さは世界的に知られておりますから、お気に召していただけたと聞けばシェフも喜ぶでしょう」

ヤコブの言葉にアレクシスが頷く。

「明日からは、どういう予定でいたのかな？」

「お店を手伝いながら、時間を見つけてあちこち観光するつもりでいたんですけど……」

案内役の従兄は行方知れずだし、しかたないからガイドブックを見ながら適当に観光しようかと思います……と、つづけるつもりでいた言葉は、アレクシスの提案に遮られる。

「ならば、私が案内しよう」

「……え？　で、でも……っ」

これ以上は……と辞退しようにも、アレクシスがそれを許してくれない。

「私と一緒では不服かな？」

「そういう意味じゃ……っ」

ぶんぶんと首を振る洵の反応を、アレクシスだけでなくヤコブもハンナもクスクスと笑って見ている。揶揄《からか》われたのだと今さら気づいた。

「嬉しいですけど……でも助けていただいて、宿まで提供してもらって、これ以上お世話になったら申し訳ないです」

もてなす側はまるで気にしていないのかもしれないが、洵は困ってしまう。返せるものが何もないのだ。

「気にする必要はない。ちょうど夏休みをとろうと思っていたところだった」

「夏休み……？」

欧米では、日本では考えられないくらい長期の休みをとる習慣がある。北欧の人々は、短い夏の間、太陽を求めて南欧へバカンスに出かける人も多いと聞くけれど……。

「でも、僕、なにもお返しできないですし……」

気にしなくていいと言われても、気になるのは、これはもう性分だからしょうがない。

するとアレクシスは、少し思案のそぶりを見せて、「そうか……」と呟く。

「……？」

なにか自分にできることがあるのだろうか。

「それならひとつ頼めるかな？」

アレクシスの言葉に、洵は大きく頷く。

「……！　僕にできることでしたらなんでも……！」

勢い込んで答えると、アイスブルーの瞳がふっと細められた。どこか含むものを感じさせる笑みに、洵はきょとり…と瞳を瞬く。

「ありがとう。だが、その話はおいおいすることにしよう」

どうして今言ってくれないのだろうかと首を傾げるものの、極上の笑みに誤魔化《ごまか》されてしまった。透明度の高いアイスブルーの瞳には、逆らえなくさせる魔力が潜んでいるようだ。

食事のあとは、リビングの大きなスクリーンにインターネット経由の地図情報や動画を映して、フィンランドの歴史や自然についての話を聞いた。

フィンランドの成人年齢は十八歳だから、少しだけワインも呑《の》ませてもらった。心地好くなって、長旅の疲れもあってソファでウトウトと瞼《まぶた》が重くなった洵を、アレクシスが部屋まで送ってくれた。

「おやすみ」

よい夢を……と、額《ひたい》に落とされるキス。

こんなセリフ、映画や小説のなかでしか聞かないものだと思っていた。似合う人が言えば絵になるのだなぁ……なんて、ワインの酔いの影響もあって、そんなことをまわらない思考下で考える。

間近に見るアイスブルーの瞳は宝石のように澄んでいて、心臓に悪い美しさ。御伽噺《おとぎばなし》のなかの王子様のようだと今さらながらに感心する。

「おやすみなさい」

部屋のドアが閉まる音を聞いたあとで、じわじわと何かが込み上げてきて、ドクンッと心臓がひとつ大きく鳴った。

熱くなった頬を掌《てのひら》で擦《こす》って、何かから逃げるように慌ててベッドに潜り込んだ。

何がこんなに恥ずかしいのかわからないけれど、とにかく恥ずかしくてたまらない。ドキドキと脈打つ心臓を抱えて、洵は広いベッドのなか、睡魔に身を任せる。

起きたら全部夢だったりしたら嫌だなぁ……なんて、それこそ御伽噺でしかないことを考えながら眠りに落ちた。

部屋に戻ると、クリスティアンが書類の束を抱えて待っていた。大半は社名のすり込まれた正式な封書で、なかには封蠟《ふうろう》で閉じられているものもある。

親展と書かれたもの以外は、すでに開封され、重要度によって分類がなされている。これでもアレクシスが直接目をとおすのは、届く郵便物や書類のうちの数分の一だ。

ファックスや決裁書類の類《たぐい》は、この十年あまりで激減した。各所でペーパーレス化が図られた結果だが、デジタルだけで済むかといえば、そういうものでもない。

封書の多くが、講演の依頼やパーティへの招待状の類だ。あるいは、融資や増資を求める声、取材の申し込み。

大半はクリスティアンのところで篩《ふるい》にかけられてアレクシスが目にすることは少ないが、それでも直接判断が必要な相手は少なくない。

デスクに山積みにされた書類を黙々と処理し、パソコンのディスプレイに表示される決裁書や報告書に目をとおす。

アレクシスは直截《ちょくせつ》的に企業経営に携わっているわけではない。株式や投資がヴィルマン家の主な収益で、あとは半ば趣味でオーナーを務めているクルーズ船とホテルがいくつかあるだけだ。

だから、ほとんどの仕事がこの館で済んでしまう。出かける必要があるのは、何かしらの発表会やらパーティやら講演会やらに招かれるときくらいか。視察の類には、大仰に出迎えられるのが面倒で隠密裏《おんみつり》に出かけることのほうが多い。

それ以外の雑事は、クリスティアンを筆頭に信頼のおけるエージェントたちが処理してくれる。自分の出る幕ではないとアレクシスは判断していた。

本当のことを言えば、企画立案をしたり、その実現のために先頭に立って動いたりといった現場仕事が好きなアレクシスにとって、書類処理に忙殺される立場は、あまり魅力のあるものではなかったが、今さら言ってもはじまらない。彼の名のもとに動く資金は小国の一企業など容易《たやす》く吹き飛ぶ額で、もはやその立場を投げうつことはかなわないのだ。

処理済みの書類を確認して頷き、クリスティアンが主のためにコーヒーを淹《い》れる。ワゴンの上にはヤコブが用意したコーヒーポットと軽食の盛られた皿があるが、アレクシスがコーヒー以外のものに口をつけることはほとんどない。スイーツの類は、顔に似合わず甘いものが好きなクリスティアンの胃におさまる。

そのクリスティアンが自分のカップにもコーヒーを注ぎつつ、どこか愉快そうに言う。

「なにを企《たくら》んでおいでです？」

何についての指摘かは、訊かずともわかる。洵のことだ。

「企んでなどいない」

ひどい言い草だ……と苦笑すると、「そうでしょうか？」と追及の手をゆるめる様子はない。

「伊井田磨生の所在については報告待ちですが、店の借金については処理済みです。どうやら以前の経営者から店の権利を譲り受けた時点で、すでに借金を抱えていたようですね」

「それは詐欺ではないのか？」

「似たようなものでしょう。本人に詐欺被害に遭った自覚があれば、の話ですが」

何を思って日本からわざわざフィンランドに来てカフェなど開こうと思ったのかは知らない

が、万事控えめな洵とはまるで正反対の気質の人物のようだとアレクシスは推察する。

「顔写真を入手しました」

クリスティアンがパソコンを操作して、報告書の映しだされたディスプレイをアレクシスに向ける。

「ほお……」

ふたりの母親だという姉妹は、かなりの美人らしい。洵とよく似た整った面立ちの青年の写真が表示されている。

どうやらカフェが地元情報誌の取材を受けたときに撮られたもののようで、大正《たいしょう》ロマンを彷《ほう》彿《ふつ》とさせる着物の上に白いエプロンをして、まるで少女のようだ。

洵も一見して性別に悩む可愛らしい顔立ちをしているが、磨生のほうがより華奢《きゃしゃ》な印象。大柄なフィンランド人に囲まれたら、ふたりともローティーンにしか見えない。

「暇潰しに構われるのは結構ですが、あまり深入りなさいませんように」

いったいどういうつもりで洵に構うのか、クリスティアンも計りかねている様子。そんな秘書に、アレクシスは返答にかわるものを返した。

「これは、出席で返事を出しておいてくれ」

一枚の封書をデスクに滑らせる。

「……？　よろしいのですか？」

パーティの招待状だ。パートナー同伴が条件のパーティへの出席を、面倒くさいと断ってい
た主《あるじ》の言葉に、クリスティアンが怪訝そうに問う。

「洵を連れていく」

「……」

クリスティアンが、大仰なため息をついた。

「そういうことですか」

ようやく合点がいったという顔。アレクシスがどういう打算を働かせたのか、皆まで読めた
様子で胡乱《うろん》な眼差しを寄《よ》こす。

「ちゃんと許可はとる。準備万端整えておいてくれ」

騙《だま》すわけではないと返すと、そういうことなら……と頷いた。

「取り引き材料は充分ですし、彼なら完璧に化けるでしょう」

「そういうことだ」

面倒事を解決する方法を見つけてほくそ笑む主の傍らで、クリスティアンが「ですが……」

と何やら言い淀《よど》む。

「なんだ？」

「いえ……人の心情は計算どおりにはいかないものですから」

純朴な青年を掌の上で転がす程度、なんでもないことだ。

だが、思いどおりにならないのは、なにも他人の感情だけではない。ときとして、己の感情こそが、思うようにはいかないものだ。

秘書の懸念を、アレクシスが「らしくないな」と一蹴《いっしゅう》する。クリスティアンは「そうかもしれません」と苦笑して、冷めたコーヒーを飲み干した。

2

ヘルシンキから車で少し走ると、フィンランドの夏のリゾートとは切っても切り離せない湖水地方に出る。

丘陵地帯を流れる川は太陽光を弾いて水晶のように煌めき、湖畔の木々は新緑に息づく。ボートにカヤック、サイクリングと、夏のアクティビティは豊富だ。もちろん、清らかな水をたたえる湖で泳ぐこともできる。

「わ……すごい……！」

ヘルシンキ市内の観光ならいつでもできるから……と、アレクシスが提案したのは、湖水地方で過ごす休日だった。

洵《しゅん》に異論などあろうはずがない。

車窓から眺められる景色すべてが国立公園だと聞いて、フィンランドの自然の豊かさに驚嘆する。

「綺麗〜」

猛暑の日本とは違い、夏でも二十度程度、夜には十度近くに下がることのあるフィンランドだが、お陽様の出ている時間帯は心地好い空気を堪能できる。

開け放った車の窓からは清々《すがすが》しい空気。けれど、オープンカーだったらちょっと寒く感じてしまうかもしれない。

ステアリングを握るのはアレクシスで、洵は景色に見惚れるふりをしながらも、隣のアレクシスにちらちらと視線を向けた。

出かけるときに見惚れてしまって、いまだに恥ずかしくて直視できないのだ。あまりにカッコよくて……。

朝食後、出かける準備をして車寄せに出てきた洵を出迎えたアレクシスは、まるでスクリーンから抜け出てきた映画俳優のようだった。

かっちりとしたスリーピーススーツを着こなすストイックな雰囲気から一変、ラフに着こなすシャツ一枚にもこだわりを感じさせる。成金趣味なアクセサリーの類はいっさいないシンプルさ。ゆえにスタイルのよさと造作の美しさが際立つ。

そんなアレクシスに助手席のドアを開けられて、見惚れるなというほうが無理な話だ。

これまで特別好きなアイドルもいなかった洵は、このときはじめてテレビや雑誌のなかのアイドルや人気俳優に黄色い声を上げていたクラスメイトたちの気持ちを理解した。

色素の薄い瞳にサングラスは必需品なのだろう、色味の薄いサングラスをかけたらますます

直視できないカッコよさで、洵は助手席で固まってしまった。

でも気になって、風景に見惚れるふりをしながら、さきほどからちらちらとアレクシスの横顔を鑑賞していたのだ。

「お腹が空いたかい？」

黙ってしまった洵が空腹を言い出せないでいると思ったらしい。まるで小さな子どもを諌《いさ》めるかのように言われる。

「え？　い、いえ……」

まるきり見当外れなのだけれど、よもや端整な横顔に見惚れていたとも言えず、洵は視線を落とした。

やがて、湖水地方の港町の活気が車窓の景色を変えはじめる。

内陸なのに港町というのも不思議な印象だが、川や湖が産業用の輸送路として使われた歴史を思えば納得もいく。

フィンランドが今や世界有数のハイテク産業の国となった土台には、この地方から興《おこ》った産業革命が大きく貢献しているのだ。

湖畔にはテラス席を有したレストランが並び、湖にはボートやカヤックが浮かぶ。

長期リゾートを楽しむ客の姿が多く見られる場所から少し走ると、湖畔の奥まったあたりに山小屋風の建物が見えてきた。

すぐ近くまで来てようやく湖畔のレストランだと気づく。車が車寄せに滑り込む前にホール係と思《おぼ》しきエプロンをつけたスタッフが出迎えに来て、キーを預かってくれた。

レストランの奥に孤立したコテージが何棟も建っているのが見えて、オーベルジュに近いサービスをしているらしいと気づく。それぞれが湖に面していて、長期滞在もできそうな雰囲気だ。

テーブルについたらシェフがあいさつに来て、その会話からアレクシスが店のオーナーだと今さら知った。

「満足できる店がなくてね。だから信頼のおけるシェフを自分で探して店を開いたんだ」

「……はぁ」

洵にはもう、啞然と頷く以外に反応のしようもなかった。桁違《けたちが》いの世界を見せられると、人間は驚くことも忘れてしまうらしい。

通されたのは湖に面した個室で、ほかの客の目を気にすることなく食事ができる。

出された料理は地元の素材を使った創作フレンチで、だがオイルや乳製品を多用しないシンプルな味付けは日本人の口に合う繊細さだった。どうやらアレクシスは、欧米人としてはかなり繊細な味覚の持ち主のようだ。

ここに泊まるのかと思いきや、そうではなかった。ドライヴのついでに店の視察に立ち寄ったといったところか。

店を出ると、湖畔に添うようにつくられた道をドライヴして、さらに森の奥深くへ。レストランなどが立ち並ぶ場所を離れると、また静かになった。

「風が冷たくはないか？」

「大丈夫です！　気持ちいい！」

ランチのときに、洵にだけ食前酒の小さなグラスが出されていた。ベリーのリキュールだったのだが、甘くて口当たりがよくて、アルコールに強くないのに、つい呑み干してしまった。そのあとからずっと頬が熱くて、車窓から吹き込む風がその熱を冷ましてくれる。

「本当に景色が綺麗ですね。ここも国立公園なんですか？」

すれ違う車を見かけなくなったことに気づいて尋ねる。

「いや、もう敷地に入っている」

「……え？」

ややして、道路は湖畔を離れ、小高くなった針葉樹の森へ分け入っていく。このパターンはもしかして……と思っていたら案の定、道の先に館が見えてきた。

湖水地方はフィンランド屈指のリゾート地でもあるから、別荘があっても不思議はない。けれど、ヘルシンキ郊外に建つ館と変わらないくらいに立派というのはどうだろう……。

整形庭園に囲まれたヘルシンキの館とは違い、こちらは自然なままの景色に囲まれた、田舎の別邸といった雰囲気ではあるが、部屋数は変わらないのではないかと思わされる。

車が停車するのを待ちかねたかのようにお手伝いの女性と下働きの男性が出迎える。「別荘の管理人夫妻だ」とアレクシスが教えてくれた。

先に車を降りたアレクシスが、助手席のドアを開けてエスコートしてくれる。

「お久しぶりでございます、旦那様《だんなさま》」

「よくお越しくださいました」

白いエプロンがよく似合うお手伝いの女性は、洵の母親世代よりはずっと上だが、写真でしか顔を知らない祖母世代よりは下だろう。その隣で、今さっきまで庭いじりをしていたようにも見える作業着姿の男性は、陽に焼けた顔とゴツゴツした大きな手が印象的だった。

ふたりとも目尻に深い皺を刻んで、それはそれは嬉しそうに洵を連れたアレクシスを歓迎する。

「久しぶりになってしまったね。変わりはないかい？」

元気そうで何よりだと、アレクシスもふたりを労《ねぎら》う。そして、洵をふたりに紹介してくれた。

「姶良《あいら》洵です。よろしくお願いします」

洵がペコリと頭を下げると、お手伝いの女性が「あらまあ！」と声を上げる。「なんてお可愛らしい！」と微笑まれ、「おいくつかしら？」と訊かれて、洵は返答に詰まり、困った顔になってしまった。肩を抱くアレクシスから振動が伝わってくる。ククッと笑いが漏れて、恨めしげに傍らを見上げた。

「日本人は若く見えるからね。でももう、大学生なんだよ」

「まぁ！」

主のフォローに、お手伝いの女性はますます目を丸くして、心底驚いた様子。その隣で男性は、ほくほくと微笑むばかりだ。

「失礼いたしました。あまりにお可愛らしくて」

そういう口調はいまだもって幼い子どもに対するもののように聞こえるが、一応は納得してくれたらしい。

「旦那様、ディナーはいかがいたしましょう」

そういって、男性が猟銃で撃つ真似《まね》をする。メインディッシュの材料を今から撃ちに行こうかというのだ。驚いた洵は思わず目を瞠《みは》った。

「いや、今宵は男爵のパーティに呼ばれていてね。明日の朝は、新鮮な卵料理をリクエストしたいな」

「かしこまりました」

アレクシスの返答に胸中でひっそりと安堵の息をついてしまうのは、都会育ちの現代っ子にはしょうのないことだ。

——パーティ？

庶民には耳慣れない言葉だった。それゆえに、自分には無関係の、アレクシスのスケジュールなのだろうと、なんとなく聞き流す。セレブと呼ばれる人たちの間では、本当に日々パーティが行われているのだなぁ……なんて、ぼんやりと考えたにすぎなかった。

よもや自分に関係することだとは、まるで考えもしないことだった。当然だ。洵が生きてきた日常にはないものなのだから。

案内された館は、外観のイメージそのままに、まるで山小屋風を謳《うた》うホテルのような温かみのある内装で統一されている。何より洵の目を引いたのは、リビングの壁に設えられた暖炉だった。

ヘルシンキの館にも暖炉はあったのだが、洵の背丈ほどもある大理石に金細工の紋章のついた重厚なもので、近くで温まる……という雰囲気ではなかった。

だが、こちらの館のものはふたまわりほど小さめのつくりで、薪《まき》をくべながら近くのソファで寛ぐことができる。事実、暖炉の横には薪が積み上げられ、クッションを重ねたソファが二脚とその間にローテーブルが置かれている。

暖炉の火に照らされながら読書に耽《ふけ》るなんて、贅沢の極みだ。今は夏だけれど、冬になれば窓の向こうには雪景色が広がって、さながら絵葉書の世界。もちろん、豊かな自然が広がる夏の景色も絶景だ。

「可愛いお部屋ですね」

本当にホテルみたいだ……と感嘆を零すと、ホテルに改装して営業している館は別にいくつかあると、あっさりと言われてしまった。

ひとつふたつという口ぶりではない。「いくつか……」と、つい日本語で呟いてしまう。大きな瞳を瞬く洵をソファへと促し、アレクシスが言葉を足した。

「ここは子どものころからよく休暇をすごしに来たところでね。特別な場所なんだ」

だから、ホテルにするのではなく、今でもプライベートな空間として大切に保存しているのだと聞いて、洵はそんな場所に招いてもらっていいのだろうかと恐縮した。けれど、アレクシスの言葉どおり、館全体がアットホームな空気に包まれていて、とても居心地がいい。

「お茶とお菓子をお持ちしましょうね」

お手伝いの女性がほくほくと言う。もうお腹いっぱいだし……と思っていたら、「ランチを食べてきたところなんだよ」とアレクシスが洵の気持ちを汲《く》んだかのように代弁してくれる。

「では、お茶とフルーツはいかがですか？　ちょうどクラウドベリーを摘んできたところなのですよ」

「それはいい」

生のクラウドベリーは季節限定だし、日本ではなかなか手に入らないものだ。

「ヘルシンキでいただいたの、とても美味しかったです」

アレクシスの言葉を受けて洵が感動を伝えると、お手伝いの女性は満足げに微笑んで、「新鮮ですから、その何倍も美味しいですよ」と自慢げに言った。ここらの山で摘めるのだと、アレクシスが教えてくれる。

景色の眺められるテラスのテーブルに用意されたのは、クラウドベリーと一緒に摘んできたという、フレッシュハーブを使ったハーブティーだった。

土地のものを合わせるのは料理の鉄板だ。しかも摘みたてなのだから、美味しくないわけがない。

林檎《りんご》のような甘い香りのする小花がガラスポットのなかで踊って、見た目も美しい。カフェを開くくらいだから、従兄の磨生《まお》はこの手のものに詳しいのだけれど、洵はさっぱり。でも美味しいことだけはわかった。クラウドベリーのジャムを合わせると、甘くてもっと美味しい。

「お口に合いましたか？」

「とっても美味しいです！　ジャムも手づくりなんですね！」

「パンケーキやスコーンともよく合いますよ」

「……えっと」

つい「いただきます！」と返しそうになって、口ごもる。今さっき、まだお腹いっぱいだし……とお菓子を断ったばかりなのに。

頬をうっすら朱に染めて俯《うつむ》いた洵の胸中を察したのか、お手伝いの女性は「あらまあ」と愉快そうにコロコロと笑った。

「本当にお可愛らしい」

ふたりのやりとりを、アレクシスはコーヒーカップを片手に口許に笑みを刻んで眺めている。洵が救いを求める視線を向けると、透明度の高い碧眼を細めて、それからお手伝いの女性に視線を向けた。

「すぐにご用意いたしますよ」

お待ちくださいね、とクスクス笑いとともに女性が部屋を出ていく。洵が「すみません……」と消え入る声で詫びると、アレクシスはククッと抑えた笑いを零した。

「遠慮は無用だ」

甘えたほうが彼女も喜ぶと言われて、ようやく視線を上げる。

まもなく、焼きたてのパンケーキとスコーンが届けられた。ゆるめに立てられたホイップクリームとクラウドベリーのジャムが添えられている。その隣には、宝石のように真っ赤な色をした木イチゴのジャムも。

パンケーキには蕎麦《そば》粉が使われていて風味がいいし、スコーンにはライ麦粉が混ぜられているためか食べ応えがある。どちらもジャム同様に手づくりであることがわかる、やさしい味だった。

「こんなによくしてもらって、僕、本当になんのお返しもできなくて……」

気にしなくていいと言われても、どうしても同じ言葉が口をついてしまう。気にしすぎるのも失礼なのかもしれないけれど……。

するとアレクシスは、恐縮する洵をテーブルの向こうから目を細めてうかがって、それまでとは違って見える表情を浮かべた。

「そのことなんだが」

相談を持ちかけるように身を乗り出してくる。洵もつられて、テーブルに身を乗り出す恰好になった。

「……？」

首を傾げる洵の目の前に、綺麗すぎる碧眼。

うっかり近づきすぎたことに気づいて、反射的に距離をとろうとすると、まるで逃がさないとばかりに、テーブルの上で手を取られる。

大きな手を重ねられて、洵は身動きがとれなくなった。だがそれ以上に洵を固まらせていたのは、アレクシスの瞳の美しさだ。

「頼みを、きいてもらえないかな」

「……たのみ？」

子どものような口調で鸚鵡《おうむ》返しに言って小首を傾げる。無意識の行動だった。

「僕にできることでしたら……」

この前も、少し話題に出た。当然、世話になっている礼ができるのならなんだって……と返そうとして、間近に迫る碧眼が、どこか悪戯《いたずら》な光を宿した。

「そんな簡単に引き受けてしまっていいのかい？」

「……え？」

洵がきょとり……と瞳を瞬くと、アレクシスは碧眼を細めて、口許に笑みを刻んだ。なんだろう、ドキドキする。

「恩を売る気はないんだ。だから、嫌だったら断ってくれていい」

「……？　あの……」

いったいどんな頼みなのか……と洵が困惑を深めたところで、部屋のドアがノックされた。

恭しい一礼とともに現れた人物の顔を見て、洵は目を瞠る。

「……クリス…さん？」

ヘルシンキの館でアレクシスの留守を任されているはずの秘書のクリスティアンがそこにいたのだ。

驚く洵に軽く微笑んで見せ、クリスティアンは「お待たせいたしました」とアレクシスに言葉を向ける。それだけで、アレクシスにはなんの報告なのかがわかった様子だった。

「では、行こうか」

「……は？」

腰を上げたアレクシスに手を差し伸べられ、つい応じてしまう。女性のようにエスコートされて部屋を出て、どこに連れていかれるのかと思いきや、館内の別の部屋だった。だが奥まった位置関係から、家人用のスペースであることがうかがえる。

そこで三人を待っていたのは、こちらもヘルシンキにいるはずの、女中頭のハンナ＝カティと、彼女の後ろに控える女性が数人。

「ハンナさん⁉」

まさか、この館に滞在するアレクシスと自分の世話のために、わざわざ呼ばれたのだろうか。館で働く人たちは、言ってみれば主の身の回りの世話をするためにいるのだから、おかしいことではないのかもしれないけれど……。

洵の疑問は、さらに奥の間へ案内されて、ようやく解消されることになった。……いや、より困惑を深める結果となった、といったほうが正しいだろう。

奥の間は、どう見ても女性のためのパウダールームのようだった。とても広くて、そのほぼ中央に金細工に飾られた大きな鏡台が置かれている。さらに奥にはバスルームも併設されている様子。

鏡台の横には、トルソーに着せられたドレスが数着並べられていた。色やデザイン違いで飾られているが、どれもオートクチュールの逸品であることがうかがえる上品さだ。

「いかがでしょう？」

ハンナが言葉を向けたのは、洵ではなくアレクシスだった。ドレスについて意見を訊いているらしい。

「ハンナの目は信用しているよ」

そう言いながら、アレクシスは並んだドレスに視線を走らせ、真ん中に置かれたトルソーに着せられたものに目を留めた。

「これにしよう」

アレクシスの返答に、ハンナもニッコリ。どうやら同意見だったようだ。

「ええ、きっとお似合いになられますわ」

誰のためのドレスを選んでいるのだろう。今夜はパーティだと言っていたから、エスコートする女性がいるのだろうか。

名家の当主で実業家で、さらに目を瞠るようなハンサムだ。それも当然だろうと、まるで他人事のつもりでやりとりを聞いていた洵は、ドレスに向いていたはずのふたりの視線が自分に向けられるのを受けて、きょとり……と長い睫毛《まつげ》を瞬いた。

「……？」

まずはハンナが、ニッコリと微笑む。さきほど以上に愉《たの》しげな笑みだ。

次いでアレクシスが、リーチの長い腕を伸ばしてくる。細腰を引き寄せられ、少々強引にも感じられる強引さを訝《いぶか》って、洵はいくらかの驚きとともに傍らにある美貌《びぼう》を見上げた。

「あの……」

広い胸に抱き込まれた恰好で、間近に碧眼を見上げる。

「頼みを、きいてくれるかい？」

さきほどと、同じ字面なのに、口調が違う。

「……え？　は……い」

自分にできることならなんでも……と、こちらもさきほどの言葉を繰り返そうとして、どうしてか唇が強張《こわば》った。青い瞳に、抗《あらが》えない何かを見た気がして、ゴクリ……と唾《つば》を呑み込む。

「ありがとう」

間近に見る美しすぎる笑みが心臓に悪い。

思わずぽーっとなりかけたところで、「では、たのんだよ」と、肩を摑《つか》まれ、ずいっとハンナの前に差し出される。

「……え？」

目の前にはニッコリと微笑むハンナ。周囲を、彼女の部下と思しき女性陣に囲まれる。

「とびっきりの貴婦人に変身させてご覧にいれますわ」

ウキウキ……と、彼女の背後に踊る書き文字が見えそうな迫力だ。

「……は？」

貴婦人？？

疑問と驚きを言葉にできないままに、アレクシスを振り返る。だが、囲む面々に邪魔されて声は届かない。

「あ、あの……っ」

だが、洵の問う視線に、答えてくれる気のある人はいなかった。

「さあさ、旦那様は外でお待ちください。レディの着替えを覗くのはいい趣味とはいえませんよ」

ハンナに追いやられて、アレクシスは苦笑とともに肩を竦めて部屋を出ていく。

――レディって……なに!?

「ア、アレク…さん!? あの……っ」

ますます困惑を深めた洵が追いかけようとするのを、女性陣が前を塞いで止める。

「さ、鏡の前へどうぞ」

「その前に湯をお使いください。ドレスアップはそのあとで」

ぐいぐいと背を押されて、奥のバスルームへ押し込められる。

「ド…レス、アップ……?」

いったい何をしようというのか、ろくな説明もないままに、洵はハンナたちの言うなりになっているよりほかなかった。

その真意は、すぐに明らかになる。

湯を浴びてガウン一枚の姿で出てきたら――それ以外に何も用意されていなかったのだ――悲鳴を上げる間もないままに裸体に剝《む》かれ、レースたっぷりの布地を押しつけられた。何かと思えば女性ものの下着で、思わず悲鳴を上げてしまう。

洵の初心《うぶ》な反応に女性陣は「まぁ、お可愛らしい」とニッコリ……笑みを浮かべたのも束《つか》の間、即座にプロの目になって、各々の役目を果たしはじめた。

「え？　あの……ちょ……どこ触って……わわっ」

洵が目を白黒させている間に、彼女たちはテキパキと仕事をこなしていく。ウエストをきつく締められ呻《うめ》いたのも束の間、顔にあれこれ塗りたくられて呼吸困難に陥る。普段は意識することのない皮膚呼吸を妨げられる苦しさをはじめて知った。

自分が何をされているのかさっぱり理解できないままに、目をまわしそうになりながらハンナの言いなりになること小一時間あまり。

大きな姿見に映った己の姿に絶句したのは、ふりまわされてすっかりエネルギーを消耗しきっていたからだけではなかった。

「……」

反応のしようがなかったのだ。

「お綺麗ですわ」

ホクホクと言うハンナの言葉は、純粋に洵に向けられたものというより、己の手腕に対する自慢の色のほうが濃いように思われた。

「……こ、れ……」

あまりのことに、言葉が出てこない。そんな洵を横目に、ハンナに言われてまだ若い女性が部屋を出ていく。

ややして、「終わったのか？」と室内に声をかけながら現れたアレクシスは、呆然と佇《たたず》むばかりの洵を目にして、少し驚いた様子で碧眼を瞠ったあと、「予想以上だな」と満足げに呟いた。

「いかがでございましょう？」

そう問いかけたのはハンナ。アレクシスは「さすがだね」と微笑むことで彼女の労を労う。

だが、その前に、まずは自分の疑問を解消してもらいたいと、洵はギクシャクとアレクシスに顔を向ける。

「あ、あの……これ……」

どういうことですか！　と叫びたいのに声が出ない。

かろうじて姿見に映る自分を指差して、必死に説明を求めるものの、アレクシスはまるで取り合う気のない様子で、「綺麗だよ」などと目を細めて見せる。

「そ……じゃなく、て」

強張る舌が絡まって、うまく言葉が紡げないのだ。洵が目を白黒させているのに気づけない人ではないはずなのに、どうして説明してくれないのか。

「肌がお綺麗でらっしゃいますから、メイクも映えますわ」

「髪は？　ウイッグかい？」

「いえ、サラサラでとてもお綺麗な髪質でしたので、全部隠してしまうのはもったいないと思いエクステンションにいたしました。結いあげてある部分以外は地毛でございます」

「ふむ。わからないものだな」

「腕の問題ですわ」

「さすがだよ。完璧だ」

固まる洵を横目にアレクシスとハンナがそんなやりとりを交わす。その背後で、さきほどまで洵を囲んでいた女性たちが、クスクスと微笑ましげな笑いをこらえながら部屋を出ていく。

「……っ、アレクさん……っ」

ようやくアレクシスの意識をこちらに向けることがかなって、洵は鏡に映る己の姿に慄《おのの》きながらも懸命に訴えた。

「僕、男です！」

洵が必死になるのもいたしかたない。

「こ、このカッコ……っ」

大きな姿見のなかには、ドレスを纏って美しく着飾った、まさしく貴婦人が映しだされているのだから。

光沢のある淡いブルーのドレスは痩身を際立たせるきわどいラインを描き、白い肌も露《あら》わな肩をかろうじて隠すレース地には細かなパールが縫いつけられている。エクステンションをつけてルーズめに結われた髪にもベビーパールの髪飾り。胸元と細い手首も繊細な細工の施された真珠のアクセサリーで飾られている。

実のところ、それほど濃いメイクをされているわけではないのだけれど、もともとの顔立ちもあって、大きな目はさらに大きく、ただでさえ長い睫毛はさらに長く強調された結果。ぷっくりと愛らしい唇との対比もあって、まるでビスクドールのような仕上がりだ。

鏡の中のレディが自分と同じ動きをしていても、俄《にわ》かには自分自身の姿とは信じがたい。アレクシスの言葉どおり、完璧な女性に化けた男子大学生……。冗談にもならない。

「僕に頼みって……っ」

ちゃんと説明してください！　とアレクシスに縋《すが》ると、碧眼が数度瞬いて、「言い忘れていたかな？」とニッコリ。洵は大きな瞳を瞬く。マスカラを塗りたくられた睫毛が重くてしかたない。

「私のパートナーとして、パーティに出席してもらいたい」

そう言って、細いウエストのラインが際立つドレスの腰に手を伸ばしてくる。軽く引き寄せられて、洵はアレクシスの胸元に手をついた。

そのときになってようやく、彼もパーティ仕様のスーツに着替えていることに気づく。光沢感のある生地の華やかさが明るい金髪と碧眼に映えて、フィクションのなかの王子様像そのも

のだ。

「パートナーって……、……っ！」

どういう意味……とつづける途中で、カッと頬に朱が差した。一般的には夫人を意味するのだろう。あとは恋人とか許嫁《いいなずけ》とか……。

「な、なんで僕……」

たしかになんでもすると言ったのは自分だ。けれど、どうして男の自分をわざわざ女装させてパーティに連れ出す必要があるのか。さっぱり理解できなくて、洵はますます困惑した。女性を連れていけばいいではないか。

洵の至極当然といえる疑問に端的な答えをくれたのは、アレクシスではなくクリスティアンだった。なかなか戻ってこない主人を訝ったのか、ハンナと入れ替わりにやってきて、アレクシスの傍らに立ったのだ。

「のちのち面倒がないように、あなたにご協力をお願いしているのです」

突き放したように聞こえるのは、無駄を極力省いた話し方をするためだ。だが今の洵にとっては、冷たくも聞こえるクリスティアンの説明のほうが、よほど救いだった。

「……面倒？」

それはいったいどういう意味なのか。洵が疑問を口にする前に、クリスティアンが主に苦言を向ける。

「ちゃんとお話をして、同意を得ておいてくださいと、申し上げましたのに」

洵に何も説明しなかったのかとアレクシスを諌める。側近に苦言を呈されたアレクシスはというと、「うっかりしていたんだ」と苦笑した。

実に嘘《うそ》くさいいいわけだが、このときの洵の耳はそれを正しく捉《とら》えることができなかった。今もってそれどころではなかったのだ。

「あ、あの……僕のことはいいんですけど……でも、バレないわけがないと……」

クリスティアンの苦言から咄嗟《とっさ》にアレクシスを庇《かば》ったのは、ともかくお礼ができるのならそれでいいと思ったため。

とはいえ、アレクシスに礼ができるのなら女装くらいやぶさかではないのだけれど、でもきっとすぐにバレるから、結果的にアレクシスに恥をかかせることになってしまう気がする。洵が何を心配しているかといえば、そんなことだった。

鏡のなかには、誰ひとりとして性別を疑ったりはしないだろう、完璧な貴婦人がいる。だというのに当人の目には、文化祭の女装コンテストにしか見えていなかった。

実のところ高校時代から何度も、洵は女装の憂き目に遭っている。女装コンテストでグランプリをとったことも……。けれどそれは、文化祭というイベントの余興であって、誰もが洵が男であることをわかった上で投票しているのだから、少々の粗が見えようが、それこそまさしくお祭りの醍醐味《だいごみ》だ。

だが、アレクシスの依頼は違う。本物の女性としてパーティについてきてほしいと言われているのだ。ボロを出さない自信はない。……いや、絶対にボロが出る。

「杞憂《きゆう》だと思いますが」

クリスティアンがサラリと言う。

「心配無用だ。こんなに美しいレディが男の子だなんて誰も思わない」

アレクシスも、至極当然と洵の不安を一蹴する。

「で、でもっ」

不安をたたえた瞳が上目遣いにアレクシスを見上げる。そんな表情は男心を擽《くすぐ》るものでしかない。洵が同性であるとわかっていてもドキリとさせられる艶《つや》があって、アレクシスは内心苦笑を禁じ得ないのだけれど、そんな大人の事情など、洵に理解できるわけもない。

「大丈夫だ。私がフォローする」

強張る頬を、アレクシスの長い指がそっと撫でる。

「ずっと傍《そば》にいてくれますか？」

パーティ会場でひとりにされるようなことはない？

洵が不安を訴えると、アレクシスは一度ゆるり……と見開いた碧眼を、次いで苦笑気味に細めた。

「ずっとこうしているから怖くないだろう？」

そう言って、洵の腰にまわした腕に力を込める。すっかり広い胸に取り込まれた恰好になって、洵は履きなれないヒールの足元をふらつかせた。思いがけず力強い腕が、痩身を抱きとめてくれる。

「洵？」

美しすぎる碧眼に間近に見据えられて、もはや頷くよりほかなかった。

パーティ会場へ向かう車中で、ようやく洵はこんな恰好をさせられた理由の詳細を聞くことがかなった。

ようは、婚約者のふりをしてほしい、ということだ。

アレクシスには今現在、自称花嫁候補や、娘を花嫁の座につかせようと躍起になる親といった面倒な存在が、認識しているだけでも両手の数ほどいて、面倒でしょうがないというのだ。

曰《いわ》く、「今のところ結婚の予定はない」とのことで、洵に虫よけになってほしい…というのだ。

「伯爵家の財産狙《ねら》いなのですよ」と、花嫁候補たちを一刀両断するのはクリスティアン。「いいかげん私もうっとうしいと思っていたところです」と、アレクシスに代わって対処する羽目になるのだろう、大仰なため息をついてみせた。

「偽物を用意するにしても、女性ではのちのち面倒な事態も予測されるもので、どうしたものかと思案していたところでした」

架空の女性をアレクシスの恋人に仕立てることで、適当な時期を見計らって、その存在を消すことが可能だ。

だが、実在の女性を使って偽物に仕立てれば、のちのち策略が暴かれないとも限らない。よほど信頼のおける相手でなければ依頼できない。

「アレクシス・エーヴェルト・ヴィルマンが恋人を連れている、という噂《うわさ》が広まればそれでいいのです。なにとぞご協力を」

リムジンの向かいの席で頭を下げられる。運転席との間には仕切りがあって、会話は聞こえないらしい。

「はぁ……」

洵にしてみれば、まるで異世界の話のようで、そこまでする必要があるのか……と唖然と話を聞くだけだ。名家というのも、面倒なものらしい。

クリスティアンの話を聞く間も、洵はすぐ隣で長い脚を組むアレクシスに腰を抱かれた恰好で、その体温に寄りそっていた。最初はドキドキしたけれど、今はアレクシスの存在が洵を安心させてくれる。

慣れないパーティも乗りきれそうな気がしてきた。とりあえず、化けの皮がはがれないようにだけ気をつけなければ。世話になっている礼をするどころか、余計な迷惑をかける結果になりかねない。

——よしっ。

洵が胸中でひっそりと気合いを入れたタイミングで、リムジンが減速して、さる館の車寄せに滑りこんだ。

ヴィルマン伯爵家の館とはまた趣が違う。アレクシスはたしか男爵と言っていた。爵位は上から順に公侯伯子男のはずだから、伯爵位にあるアレクシスのほうが、パーティの主催者である男爵より位は上ということになる。

二十一世紀の今、爵位は形式上のものでしかないというが、それでも家柄の評価には大きくかかわってくるはずだ。

「にっこり笑っているだけでいいからね」

余計なことは喋《しゃべ》らなくていいと耳打ちされる。喋れば声で男だとバレてしまうし、どのみち洵はフィンランド語が話せない。

こっくりと頷くと、アレクシスは洵を安心させるように「大丈夫」「緊張しなくていい」と微笑んでくれた。

アレクシスが先に車を降りて、洵をエスコートしてくれる。差し伸べられた手に、レースの手袋に包まれた手をそっとのせると、力強く握られた。

それだけで、気持ちが少し落ちつく。いきなりドレスの裾《すそ》を踏んづけたりしたら目も当てられない。

深呼吸をして、車を降りる。途端、力強く引き寄せられて、アレクシスの腕に腰を抱かれた。

「わ……っ」

小さく声を上げると、「気をつけて」と耳元に気遣う声。ぴったりと身体を寄せあうような恰好で歩きにくい……と訴える間もないままに、アレクシスは出迎えた男爵家の執事と思しき初老の男性に案内されて、パーティルームに足を向けた。

湖水地方の別荘地だから、男爵家にしても本邸ではないだろう。だから開かれるパーティもそれほど大規模なものではないだろうと、勝手に想像していた洵だったが、それが大きな間違いだったことを、会場に一歩足を踏み入れた直後に思い知らされた。

日本の結婚式場の披露宴会場をいくつか繋げたほどに広い空間に、着飾った老若男女が集っている。天井も高く、それがより場を広く見せていた。

ヴィルマン家のボールルームも広いけれど、もっと落ちついた雰囲気だから、こんなに目がチカチカするような派手さはない。男爵邸は、庶民の洵が思い描くわかりやすい貴族のありようを、そのまま体現しているかに見えた。

いわゆる上流階級に属する人々ばかりが招待されているわけではないように見えた。仕事関係や、あるいは芸能人も多いようだ。とはいえ洵は、フィンランドの俳優もタレントも、よく知らないけれど。

壁際に並んだテーブルには色とりどりの料理が並び、場内を行き交う給仕の手にした銀のトレーには、ワインやシャンパンのグラス。

ホテルでの立食パーティすら参加経験のない洵は、ついきょろきょろしそうになって、ハッとしてアレクシスに身を寄せた。自分は今、ヴィルマン伯爵家当主のパートナーなのだ。パーティのひとつやふたつ、慣れきっていなくてどうする。

「すごい……」

思わず呟きが零れてしまって、慌てて口を噤む。口紅がべとついて気持ち悪い。

「男爵は派手好きなんだ」

アレクシスが小声で苦笑を落とした。洵を和《なご》ませようとしてくれているのかもしれない。

テーブルに並ぶ料理は、フィンランドの伝統料理というわけではなく、日本でも見かけるようなビュッフェメニューのようだった。

給仕されるワインはイタリア産で、男爵家がイタリア企業と取り引きがあることをうかがわせる。パーティ会場をざっと見渡すだけでも、いくらかの情報収集は可能なものだが、当然のことながら今の洵に、そんな余裕はなかった。

——ヒール……歩きにくい……。

女性はどうしてこんな細い靴を履いて歩けるのだろうかと、感心する以上に謎《なぞ》だ。きゅうっと締められたウエストも息苦しくて、呼吸まで浅くなってくる。

普段の洵なら、壁際に並んだ料理に目を奪われるところだが、今は水一滴すら喉を通るとは思えない。パーティがどれくらいの時間つづくのかわからないけれど、少しでも早く終わってくれることを祈るばかりだ。

するとアレクシスに気づいた紳士淑女が、おのおの声をかけるタイミングをはかりつつ、歩み寄ってくる。

事業家としてのアレクシスとお近づきになっておきたいと考えているのが透けて見える。

だが今、彼らが何に一番興味を惹かれているのかといえば、アレクシスがエスコートするレディの存在だ。

アレクシスは、そうした周囲をまったく意に介さない様子で歩みを進めていたものの、広い会場のなかほどで、とうとう足を止めざるをえなくなった。ひとりの紳士が前を塞いだのを合図に、声をかけるタイミングをはかっていた参加者たちに囲まれてしまったのだ。

「このような場でヴィルマン伯にお目にかかれるとは！」

「パーティはお好きでないとおうかがいしておりましたのに」

「以前に、甥《おい》の子爵のウェディングパーティでお会いしたのですが覚えておいでですか？」

口々に声をかけてくる。

アレクシスはそのひとつひとつに返すのではなく、ただノーブルな笑みを浮かべてやり過ごすだけだ。

男だとバレたらどうしようかと胸中でビクビクしている洵としては、明るいシャンデリアの下で長く足止めをくらうのは避けたいところだが、進めないものはしかたがない。アレクシスの傍らで身を縮めているよりほかない。

「失礼。今日は連れがおりますので」

そう言って、有無を言わさず人の輪から出てしまう。取り残された人々はあとを追うこともかなわないまま、名残惜《なごりお》しそうに見送るばかりだ。

あんなぞんざいにあしらってしまっていいのだろうか？　などと、洵が心配したところではじまらないのだが、アレクシスの態度があまりにつれなくて戸惑ってしまう。だが、そうでもしなければどれほど時間があっても足りないほどの人々が、アレクシスと懇意になるチャンスを虎視眈々《こしたんたん》と狙っているということだ。

これがビジネスの場なら、手前でクリスティアンが篩《ふるい》にかけるのだろうが、パーティの場ではそうもいかない。逆に言えば、アレクシスのアポのチャンスを狙う人々にとっては、この場で出会えたのはこれ以上ない幸運だ。だからこそ、必死にもなる。

「ようこそ、ヴィルマン伯」

人いきれを避けようとしたのか、テラスへ足を向けたアレクシスを呼びとめる声。

さらりとかわすかと思われたアレクシスは、予想外にも足を止めた。そして声の主を振り返る。

ワイングラスを手にした壮年の紳士が人の波を掻《か》き分けるようにして姿を現した。

「来ていただけて光栄です」

そう言って、軽く腰を折ってみせる。紳士のほうがだいぶ年上だが、立場的にはアレクシスのほうが上のようだ。

「お招きにあずかりまして、男爵」

アレクシスが微笑み返す。パーティの主催者であることが知れた。

「無理を承知で招待状を出させていただいたのだが、久しぶりにお顔を見られて嬉しいですよ」

「たまたまこちらで休暇をすごしていたものですから」

招待客が口にしていた、アレクシスはこういったパーティを好まないという話は、上流階級の人々の間では周知の事実のようだ。

そんなやりとりを交わす間も、男爵の興味深げな視線が洵に注がれている。

年齢的には洵の亡父と同じくらいか、もう少し若いのかもしれない。紳士だが、豪快さが垣《かい》間《ま》見えるというか、バイキングの子孫と言われて納得できる雰囲気の持ち主だ。

「皆の声を代表してお尋ねしなければなりませんな」

男爵は、そんなふうに切り出した。口許が愉快気に笑っている。

「あなたが女性連れとは……明日にも短い夏が終わって極寒の冬がやってきますぞ」

ただでさえフィンランドの夏は短いというのに、ささやかな太陽さえ奪われたらそれは伯爵閣下のせいだと、冗談口調で言う。

男爵の調子のいい発言に笑ってみせ、アレクシスは洵の腰に回《まわ》していた手を肩へと移動させた。そして周囲に見せつけるように引き寄せる。

「Aila《アイラ》といいます。私の婚約者です」

意図的だろう、アレクシスは洵をファミリーネームで紹介した。姶良は名字だが、同じ発音でAilaと綴《つづ》れば、フィンランドでは女性の名前になる。どう受け取ろうと聞いたほうの勝手だが、アレクシスは嘘は言っていない。

ザワ……ッと、パーティ会場中に静かなどよめきが波紋のように広まった。そのあまりに顕著すぎる反応に、洵のほうが驚いてしまう。

――そ、そんなに大変なことなの……？

たしかに花嫁候補が列をなしていると聞いたけれど、多少の誇張が入っているものと思っていたのだ。でも、この反応は……。

「なんと！　重大発表だ！　ヨーロッパ中の……いやいや、世界中の令嬢たちが悲嘆の涙に暮れることになりましょうぞ！」

ヴィルマン伯爵夫人の座を狙っていた令嬢はフィンランド国内のみならず、世界中にいたはずだと大仰に言う。だがそれが、あながち冗談でもなさそうだから怖い。

今になって、洵は自分がとんでもない役目を気安く引き受けてしまったのではないかという、これまでと別種の不安に駆られはじめていた。

注がれる視線が痛いのだ。

チクチクと、肌に突き刺さる。

周囲をうかがうと、それは若い女性だったり、適齢期の娘を持つのだろう妙齢のご婦人だったり、なかにはアレクシスと同世代くらいの男性からのものも……。

とにかく、好意的とは言いがたい視線が、四方八方から突き刺さって痛くてかなわない。

アレクシスが傍にいてくれるからいいものの、少しでも離れたら、本当に刺されかねない雰囲気だった。

これでは、女性を婚約者役に仕立てるなど不可能だ。自分が抜擢《ばってき》された意味を、ようやく本当の意味で理解した。――が、女装で別人に化けているとはいえ、怖いものは怖い。

無意識のうちに、アレクシスのスーツの裾をぎゅっと握りしめていた。それに気づいたアレクシスが、肩を抱く腕の力を強めてくる。

うかがうように見上げると、やさしい笑みを浮かべた碧眼とぶつかる。大丈夫だと言われている気がした。

視線を交わすふたりの様子に、ふたりと男爵を囲む輪の向こうから何やら囁く声。フィンランド語だから何を言われているのか洵にはわからなかったけれど、好意的なものではないことだけは雰囲気でわかった。

「誤解させるような発言はお控えいただきたい。繊細な子なのです」

男爵の発言を受けて、アレクシスが遊び人の年貢の納め時のような言い方はやめてほしいと苦笑する。可愛いフィアンセが妙な誤解をしては困る、と……。怒っているわけではない。冗談に冗談で返しているのだ。

「これは失礼」

男爵もわきまえていて、豪快に笑って返す。

「だが、こんな美しい令嬢とあっては、誰も文句は言えませんな」

伯爵閣下も隅に置けない……と、茶化《ちゃか》す。どこの国でも年長者の言うことは変わらないのだな……と、洵は胸中で苦笑を零した。

――美しい？

胸中で首を傾げたが、ひとまず表情には出さないように心掛ける。ぼろが出ないことが何より重要だ。強張る頬を宥めすかして、懸命に笑みを浮かべる。その物慣れなさが初心さに通じて、どうやら男爵のお気に召したらしかった。

「どこから攫《さら》ってこられたので？」

男爵の言葉に、アレクシスは「人聞きが悪い」と笑って返す。

「アジア系とお見受けするが――」

「まだ正式発表前ですから、ご勘弁いただきたい」

いくらか声を潜めて、秘密の暴露をするかに言う。パーティ出席者にはバレバレなのだが、これもアレクシスの計算ずくのパフォーマンスだろう。

そして、興味津々と男爵とアレクシスのやりとりに耳を欹《そばだ》たせるパーティ参加者へのリップサービスとばかりに、意味深なセリフを吐いた。

「運命の出会いだったのですよ」

洵の旋毛《つむじ》に口づけて、驚いて顔を上げたら、今度は額で甘ったるいリップ音。パーティ会場内にまたも波紋するどよめき。

下手《へた》に口を開けない洵は、白い頬を朱に染めて、大きな目をパチクリさせているよりほかない。

「あなたの口からそのようにロマンティックな言葉を聞く日がこようとは！」

これは驚きだ！　と男爵が目を丸める。

よほど愉快だったのか、傍を通りかかった給仕を呼びとめて、ワインセラーからとびきりの一本を持ってくるようにと言いつけた。

大急ぎで届けられたのはワインのラベルを見ても、洵にはその価値がまったくわからなかったが、とびきり高価なものであることは想像がつく。

だが、アレクシスは気にする様子もなく、「ありがとう」とグラスを受け取った。洵にもグラスが差し出されて、アレクシスに確認したあと、「Paljon kiitoksia」と、覚えたばかりのフィンランド語で礼を言って受け取った。

「Kippis!」

グラスを掲げられて、それが「乾杯」の意味だと察する。花嫁修業中だからフィンランド語にも堪能ではないのだと、アレクシスがさりげなく庇ってくれた。

片言の「Kippis!」は微笑みで誤魔化して、慣れないワインに口をつける。銘柄などはわからないものの、間違いなく美味しかった。

「美味しいかい？」

アレクシスに訊かれて、コクリと頷く。口で言えない代わりに瞳を上げてアレクシスの表情をうかがう。アイスブルーの瞳が間近に迫った。

「呑みすぎないように。きみの色っぽい顔を見ていいのは私だけだ」

洵の眦《まなじり》に唇を寄せて、そんなことを囁く。声を潜めてはいるものの、当然周囲に聞こえるように言っているのだ。

「……っ」

思わず息を呑んで、ワインに噎せそうになってしまう。

それを隠すかのように、アレクシスの肩に顔を寄せた。アレクシスがそのように、さりげなく促してくれたのだ。

「酔ったかな？」

特別アルコールに強いわけではないけれど、それでもさすがに数口のワインで酔いはしない。

だというのにアレクシスは、実にわざとらしくそんなことを言って、洵の痩身を広い胸に抱き込んでしまう。

「見せつけてくれますなぁ」

男爵は妙に楽しそうだった。この夏の社交界は、美貌の伯爵夫人の話題でもちきりになるだろうと周囲に同意を求める。啞然と見守るばかりだった招待客たちが、男爵の発言に慌てて頷いた。

「まだ水面下の話だと申し上げたではありませんか」

噂を広めないでいただきたいと、アレクシスが困ったように言う。これではまるで、噂話を吹聴して歩いてくれと言っているようなものだ。

それがアレクシスの策略であることを、洵は帰りの車のなかで知ることになるのだけれど、このときはともかく、ハラハラと見守るばかりだった。アレクシスは、〝スピーカー〟と評判の男爵の気質を利用するつもりだったのだ。

これで、フォンランド有数の名家の当主で世界的事業家でもあるアレクシス・エーヴェルト・ヴィルマンの婚約が水面下で進んでいる。婚約発表も間近！　という噂話を、信憑性《しんぴょうせい》をもって広めることができる。

アレクシスとクリスティアンの計画のキモはここなのだから、男爵には大いに噂話を広めてもらわなくてはならない。目にした光景を何十倍にも誇張した上で。

数日のちには、尾鰭《おひれ》はひれがついた状態で、アレクシスの耳に噂話が戻ってくるに違いない。尾鰭にひれどころか、いったいどんな胸鰭に背鰭までついてくるのか……このときのアレクシスが密《ひそ》かに愉快さを噛みしめていたなんてことも、当然洵には想像もつかないことだった。

「男爵家のパーティの噂を聞いて、ぜひうかがってみたいというので連れてきたのですが、まだまだ花嫁修業が足りないようです」

こういった場でのアルコールのたしなみ方も知らない子どもなのだと、年若い恋人を溺愛《できあい》する様子を隠しもしない。

アレクシスの長い指が紅潮した洵の頬を愛《いと》しげに撫でるのを見せつけられたパーティ参加者たちの目が、さらに驚きに見開かれた。もはや言葉もない様子で、唖然呆然とグラスを片手に佇むのみだ。

彼らのなかのアレクシス像とはいったいどんなものなのか。あまりに反応が顕著すぎて、洵のほうが首を傾げたくなってくる。

「疲れたね。失礼させていただこうか」

芝居じみたセリフで洵を——架空の許嫁を気遣って、アレクシスがグラスを置く。アレクシスがそう言うのなら…と、洵はコクリと頷いた。

「来たばかりではないか。アルコールがダメならお菓子はいかがかな？　ゲームでもしようじゃないか」

男爵がもっと話を聞き出そうという魂胆が見え見えの口調で引き止める。アレクシスは優雅な笑みひとつでそれを制した。

「またいずれ」

そして、洵の耳元に顔を寄せ、「身体がつらいのかい？」と囁きを落とす。これもまた、周囲に聞こえる微妙な音量で。

——身体……？

何を言われているのか……と瞳を瞬く間にその意味に気づいて、カッと頬に血が昇る。囲む人々の間からクスクスと潜めた笑いが零れた。

「これ以上、見せつけられてはかなわないな」

男爵も、やれやれ恋は盲目だ……と肩を竦める。

「近いうちにウェディングパーティの招待状をお送りできると思います」

ぜひご参列くださいと軽く目礼をして、アレクシスは洵の肩を抱き、踵《きびす》を返す。もはや彼を呼びとめる者はない。

ふたりがパーティルームを出た直後、あの広い空間が静かな阿鼻叫喚《あびきょうかん》に包まれるのは火を見るより明らかだ。

多くの令嬢が涙に暮れるのか、我が子の嫁ぎ先候補がひとつ減って地団太を踏むご婦人がどれほどいるのか。そして、そうした人々が、いったいどんな噂話を広めるのか……。

なんだか急に怖くなって、洵は肩を抱くアレクシスの体温を求めるかのように身を寄せる。それを甘える仕種《しぐさ》ととったのか、横を通り過ぎるとき、出入り口の近くにいた女性たちが、顔を寄せ合って何かひそひそと話をする。刺《とげ》のある視線が間近に突き刺さった。

ただでさえ、ろくろく異性と付き合った経験もない洵だ。女性への恐怖心がいや増して、なんだかもう一生誰とも付き合わなくていいかも……なんて気持ちにすらなってくる。

誰もが、というわけではないのだろうが……というか、今自分の肩を抱く紳士の持つステイタスがあまりにも常識外れすぎるからであって、こんな異性が視界の範囲にいたら、誰だってハンターの目になるのかもしれない。

恭しく見送られて、リムジンの後部シートに滑り込む。

ドアが閉まるや否《いな》や、洵は大きく息をついて、シートにぐったりと背を沈ませた。向かいのシートでふたりを出迎えたクリスティアンが、おやおや……という顔でグラスの奥の目を瞠る。

アレクシスはというと、「大丈夫かい？」と問う声が笑っていた。

「……大丈夫じゃありません」

返す声に拗《す》ねた色が滲んでしまう。

「あんなすごいパーティだなんて……」

聞いてません！　と、礼になるならなんだってすると言った手前も忘れて訴える。クリスティアンが、口角を上げてクスッと笑った。

「刺のある視線が四方八方から……気持ちはわかりますけど……」

怖かった……と首を竦める。

すると白い綺麗な手が頬に添えられて、そっと顔を上げさせられた。

「悪かった。怖い思いをさせるつもりはなかったんだが……」

そうして、小さな頭を抱き寄せる。思いがけず逞《たくま》しい肩に頬を寄せる恰好になって、洵はカッと頬を赤らめた。

パーティ会場で、旋毛と額ではあったものの、キスされたことを思い出してしまったのだ。

当然あれはパフォーマンスなのだけれど、でもそういった触れ合いに慣れない洵には刺激が強すぎる。

「い、いいえっ、なんでもするって言ったのは僕ですから……」

余計な心配をかけてはいけないと思い、慌てて返す。ずっと肩を抱いてくれている紳士を間近に見上げて、気恥ずかしげに瞳を瞬いた。

「女の人たちの気持ちもわかります。アレクさんはこんなに素敵で、お嫁さんになれたら……って、きっとみんな夢を見るんです」

悪気があるわけではないだろうと洵が微笑むと、アレクシスは向かいのクリスティアンと顔を見合わせて苦笑したあと、「どうかな」と言葉を濁した。

「誰もが、君のように純粋なわけではない」

「……？」

瞬く視線の先には、どこか苦い笑みを浮かべた碧眼。

その言葉を補足するかに、クリスティアンが大仰なため息とともに苦言と思しき言葉を寄こした。

「素直なのは美徳ですが、あまり度がすぎると、そのうちどこぞの女狐《めぎつね》に騙されて痛い目を見ますよ」

「……？　女狐……？」

きょとり……と目を見開き、小首を傾げる。意味がわからなくて、アレクシスを見上げた。

間近に見る碧眼が細められるものの、洵の疑問に答えてはくれない。

かわりに長い指が洵の頬から首筋を撫でる。何度も。まるで愛猫の首を撫でてあやす飼い主のようだ。くすぐったいけれど、猫のほうもまんざらではなくて、嫌じゃない。

その様子を見ていたクリスティアンが、銀縁のフレームを押し上げ、ひとつ嘆息した。

「その前に、狼《おおかみ》に食べられる危険性もありますが」

チラリとアレクシスを見やって言う。

主に釘を刺すものであったはずの発言は、しかしそうした方面にまるきり疎《うと》い洵の頓珍漢《とんちんかん》な反応によって行き場を失くし、着地点を見失う結果となってしまった。

「……狼？」

食われる？

小首を傾げたあと、はっ！　として身を乗り出す。

「このへん、いるんですか!?」

北極圏には狼がいたと記憶しているけれど、森から出てくることがあるのだろうか。

「……」

さすがに予想外の反応だったのだろう、クリスティアンが珍しく端整な顔に驚きを浮かべた。グラスの奥の緑眼を見開いている。

ええ、あなたのすぐ隣に……と返したかったはずのクリスティアンも、これにはさすがに唖然として、しばしの思案のあと「私の譬《たと》えが悪かったようです」と発言を引っ込めた。

「……？」

狼はいないのか？　と、期待を裏切られたような気持ちで肩を落とす洵の傍らで、アレクシスが口許に愉快気な笑みを浮かべて秘書を見やる。クリスティアンは、今一度長嘆をついて、そしてひとつ咳払《せきばら》いをした。

だが、洵にはいったいなんのことやら、話の流れが見えない。

頭上に盛大なクエスチョンマークを飛ばした洵を微笑ましげに見やるだけで、アレクシスは「気にしなくていい」と、謎をといてはくれない。

見上げる洵の視線に拗ねた色を見たのだろう、「未来の伯爵夫人がいかに美しいか、という

話だよ」と、説明する気があるのかないのかわからないことを言う。

「バレてなければいいんですけど……」

アレクシスに妙な噂でもたったら申し訳ない。

「何度も申しますが、その心配は無用です」

「そう……です、か」

本当に？　と訊きたい気持ちに駆られながらも、ひとまず頷いた。

「明日以降、株が上がるか下がるか以上に心配なのは、伯爵閣下にロリコン疑惑が持ち上がることのほうです」

「……クリス……」

秘書の指摘に、「ひどいな……」とアレクシスが苦笑する。

「精いっぱいの演技じゃないか」

「素でなさっているものと思って見ておりましたが」

主の様子を陰からうかがっていたらしい。

婚約者の存在が発覚しただけで株価に影響が出る……？　庶民の生活とかけ離れすぎていて、もはや本当なのか冗談なのかの区別もつかない。

「洵が可愛くてね、つい……」

余計なパフォーマンスをしてしまったと言う。パフォーマンスという言葉を聞いて、なんとなく寂しい気持ちに駆られた。別におかしなことではないはずなのに。

洵の小さな頭を肩に抱き寄せていたアレクシスが、旋毛に唇を落としてくる。

「……っ！」

驚いて顔を上げると、今度は額に。パーティ会場でのことはパフォーマンスだったのでは……と考える間に、眦でも軽いリップ音がして、洵は瞳を瞬いた。カッと頬が熱くなる。

「こ、こういうことは……」

自分は本当の恋人でも許嫁でもないのだし、ちょっと困る……と言葉をまごつかせる。

「嫌だった？」

間近に迫る碧眼に気づかわし気に訊かれてしまったら、頷くことはできなかった。

「……そういうわけじゃ……」

ないですけど……と、返す声が尻切れになる。

そうなのだ。

嫌ではなかった。

でも驚きと困惑と、何より驚嘆の連続で、ドキドキと激しく鳴りっぱなしの心臓は、そろそろガス欠を起こしそうだ。

「洵にはどんな火の粉も降りかからないように守ると約束するよ」

やさしい声に頷いて、洵はホッと息をつく。そうしたら、途端に睡魔が襲ってきた。慣れない場で緊張つづきで、ずっと気を張っていたから、神経がまいってしまったのだ。

糸が切れたかのように、洵はこてんっと、アレクシスの肩に頭をあずけて、唐突に眠りに落ちてしまった。

「……洵？」

気づいたアレクシスが、そのままシートに倒れ込んでしまいそうな洵の痩身をしっかりと腕に抱いて、頬に乱れかかった髪を指先で梳《す》いた。エクステンションではない、洵の自毛であることがやわらかな感触でわかる。

「本当に、予想以上の出来栄えだったよ」

眠りに落ちる寸前まで洵に囁きかけていた、やさしい笑みの主のやさしい声とは違って聞こえる、低い声が呟く。

「さっそく、屋敷の周辺をパパラッチがうろうろしはじめたようです」

別荘からの報告を受けて、クリスティアンがタブレット端末を操作する。警備を強化するためだ。

「今日のうちにヘルシンキに戻られるのがよろしいかと」

提案を受けて、アレクシスが頷く。

すっかり寝入ってしまった洵の痩身を、より深く抱き込んだ。そのほうが寝苦しくないだろうと思ってのことだ。

せっかく別荘での休暇を楽しみにしていた洵には可哀想なことをするが、埋め合わせに次はラップランドの別荘にでも出かければいい。

そもそも湖水地方に足を延ばしたのは、男爵のパーティに出席することが目的だったのだ。ほかの誰でもない、フィンランド社交界一のスピーカーである男爵を利用して、婚約者の存在に真実味を与えることが必要だった。

結果的に洵を騙してここまで連れてきたことになるのだが、そもそもあのカフェの前で途方に暮れている洵を見かけた瞬間から、計画は走り出していたのだからいたしかたない。

洵は予想以上の働きをしてくれた。

これほど愛らしいレディに化けるとは、アレクシスにとっても予定外だった。そのために、当初の計画にはなかった懸念事項が浮上した。

妨害者からもパパラッチからも、少年を――いや青年を守らなければならない。

3

美しくセッティングのなされたディナーテーブルを前に、洵《しゅん》は途方に暮れていた。

目の前には、ステレオタイプな家庭教師の扮装《ふんそう》——吊り上がった形の眼鏡をかけているだけだが——をしたハンナ。

「ナイフとフォークは端から順に。うっかり落としてしまったときには、自分で拾ってはいけません。かならず給仕の者を呼んでください」

洵が何をさせられているかといえば、テーブルマナーのレッスン。

ディナーの基本を叩き込まれたあと、今度は有名なワインの銘柄を暗記させられ、次いでシャンパンも。

「このくらいは常識でございますよ」

「はぁ……」

そうは言われても、大学の友人たちといく居酒屋では、ビールかサワー類くらいしか呑まないのだから、ワインなんて知らない。

「背筋を伸ばして！　この程度でへこたれていては、伯爵夫人は務まりませんよ！」

それはそれは楽しそうにハンナが言う。

「でも僕……」

一時的な偽物で……。

と、つづけようとした言葉は呑みこまざるをえなかった。

「わ・た・く・し、です」

「……」

思わず絶句。

「女に、〝でも〟も〝しかし〟もございません。社交界は戦いの場なのですよ。付け入る隙を見せてはいけません！」

「……戦い……」

たしかに、あのパーティ会場の様子を見たら、納得できる言葉ではあるけれど……。

——あれで終わりじゃなかったの〜？

噂を広めて、あとは適当なところで洵が帰国してしまえば、それで終わり……という話のはずだったのに。

洵は今日も、女装させられていた。

ドレスではなく、身体のラインの出ない軽い素材のワンピースにサンダル、髪もエクステンションやウイッグはつけず、そのかわりに自毛に軽くウェーブをかけられて、ワンピースの柄に合わせた可愛らしい髪飾りをつけられている。短い丈のカーディガンで肩が隠れているのもあって、美少女にしか見えない。

昨夜のドレス姿以上に、実のところ洵にはショックだった。——女装が嫌というより、手前味噌《みそ》ながら似合いすぎてて……。

薄化粧しかしていないのに、ハンナがいったいどういう魔法をかけたのか、昨夜のパーティ仕様のメイクよりも、より自然に女性らしさが出ている。

膝丈のワンピースを着こなすために、ハンナが無駄毛の処理をしようと言い出したのだが、つるんっとした洵の生足を見るや目を瞠って、「不要そうですわね」と納得されたのも、精神的にダメージが大きかった。

素顔が女顔なのは、母親に似てしまったのだからしかたないけれど、もう少し男性ホルモンが充実していてもよかったのに……。

高校時代から、クラスの女の子たちに羨《うらや》ましがられるすべすべお肌は、女顔ともども、従兄の磨生《まお》と比べるだけだった少年のころには、コンプレックスにはなりえなかった。なぜなら、ふたりとも女顔でつるんっとしたすべすべお肌で体格も華奢だったから。おかしいと思わなかったのだ。

けれど、大学生にもなれば、自分がいかに貧弱で男としての魅力に欠けているかを自覚せざるをえなくなる。

「顔を上げて！」

「は、はいっ」

「女は表情ひとつで変わります。どんなにお可愛らしくても、俯いていては魅力は半減してしまいますよ！」

いわゆる花嫁修業講座なのだな……と納得した。

とはいえ、足元はスースーするし、口紅は気になるし、何より自分がここまでしなくてはならない意味がわからない。

「お食事の席で旦那様に恥をかかせるようなことがあってはなりません」

「はいっ」

アレクシスに恥をかかせてはならない、という忠告は、さすがに響いた。思わず背筋を伸ばして、ハンナの話に聞き入る。

けれど、内容の半分以上がちんぷんかんぷんなのもあって、ついつい意識が余所《よそ》に向いてしまいがちだ。

昨夜から今朝にかけてのことを思い出して、洵はひっそりとため息をついた。

昨日、パーティ会場の車寄せでリムジンに乗り込んで、途中までアレクシスとクリスティアンと話をしていた覚えはあるのに、洵の記憶は別荘に帰りつく前で途切れている。

目覚めたら、見覚えのあるベッドで寝ていた。ヘルシンキの館のゲストルームだと気づくのに、しばしの時間を要した。

そう、今、洵がハンナからテーブルマナー講習を受けているのは、湖水地方の別荘ではなく、ヘルシンキの館だ。

いつの間に連れ帰られたのか……あのまま車がヘルシンキに向かったのだとしか思えない。

車中の記憶はまったくなく、部屋に運ばれた覚えもない。

でも、アレクシスの肩にもたれて寝入っていたことと、アレクシスが部屋まで抱き上げて運んでくれたことだけは、どういうわけか確信があった。

起きたとき、ドレスは脱がされていた。

それだけでなく、ドレスの下に身に着けていた女性ものの下着まで脱がされて、全裸でベッドに寝ていた。

つまりは、誰かが脱がしてくれた、ということだ。

——アレクさん……だよね？

ほかの誰も考えがたい。ハンナということもありえるが、いくら洵が細身で華奢といっても意識のない成人男性を着替えさせるのは、女性には不可能だ。しかも洵は、脱がせにくいドレスを着ていた。

何より、わずかに残る、おぼろげな記憶……。

夢現《ゆめうつつ》のそれが現実だったのか夢なのか、洵にも判断がつかなくて、朝からのため息の原因になっていた。

天蓋付きのベッドにそっと横たえられたお姫様が、王子様のキスを受ける夢。

王子様の顔はアレクシスだった。お姫様は自分だと自覚がある。

甘えるように見上げた姫に、少し困った顔で苦笑して見せたあと、夢のなかの王子はふいに碧眼を眇《すが》め、上体を屈《かが》めた。

額におやすみのキスがなされるものと思っていたら、唇に淡い熱が触れた。驚いたけれど、でも嫌じゃなくて、お姫様はうっとりを瞼を閉じた。

その先を期待してのものなのか、ただ眠りに落ちたのかはわからない。だって、夢はそこで途切れている。

指先でそっと唇に触れてみる。慣れないグロスのぬるっとした感触があるだけだ。そこに本当にアレクシスの唇が触れたのかどうかはわからない。

夢のなかのお姫様は、たしかに期待していたように思う。期待の内容がどんなものか、わからないのは、夢を見ている本人の経験値が不足しているからだろう。

「……さま！　アイラさま！」

「……え？」

そうだった。この姿のときの洵は、アイラという女性なのだ。

ボーっとして話を聞いていなかったことに気づいて、洵は「ごめんなさい」と肩を落とした。

「少し飛ばしすぎましたかしら。休憩にいたしましょう」

つい楽しくて時間を忘れてしまいましたわ……と、ハンナが眼鏡をとる。やさしい笑みが、洵を捉えていた。

この日、アレクシスは朝から仕事で出かけていて不在だった。その間、洵が退屈しないように、ハンナに家庭教師を頼んでいったのかもしれない。

この日のランチは、緑輝く庭のガーデンテーブルで、ハンナと執事のヤコブのレクチャーを受けながら、フィンランドの伝統的な料理をいただいた。

食は文化だ。食を知ることで、その国の文化のみならず風習、習慣、あるいは歴史まで知ることができる。

洵が起きたときには、すでにアレクシスもクリスティアンもいなくて、顔を合わせなくて済んだのは、果たしてよかったのか悪かったのか。

アレクシスの顔を見ることなく一日をすごすのは寂しかった。ハンナとヤコブというやさしくも厳しい家庭教師につきっきりでレクチャーされて、心身ともにくたくたになっても、やはり物足りなさが拭《ぬぐ》えない。

ランチ後に、ヤコブからヴィルマン家の歴史や、フィンランド貴族の系譜についての座学をうけていたら、昨日からの疲れもあって、ついこっくりこっくりしはじめてしまった。

何度か「聞いてらっしゃいますか？」と確認されて、その都度頷いたものの、やがて睡魔に勝てなくなったころ、ようやく「お茶の時間にしましょう」と解放される。

「は……い」

なんだかもう、脳味噌がパンパンだ。

ハンナとヤコブがお茶の用意のために部屋を出ていって、ようやくほーっと深い息をつく。

少しだけ……と、手近なソファに横になった。ワンピースの裾が気になるものの、睡魔には勝てない。

女の子はどうしてこんな心もとない恰好をしていられるのだろう……などと考えながらも、どうしても昨夜の夢だか現実だかわからない口づけの余韻に思いが向いてしまう。

——アレク、はやく帰ってこないかな……。

やわらかなクッションに頬を埋める。アレクシスの肩のほうが寝心地がよかったなぁ……などと考えたのも束の間、洵は深い眠りに引きこまれていた。

王子様のキスで目覚めるのって、白雪姫だっけ？　眠りの森の美女だっけ？　夢のなかで洵は考える。きっともうすぐ王子様が来てくれる。

その一方で、なんでこんな夢を見るのだろうかと、冷静に考える自分もいる。女性の恰好をさせられたことで心まで女になってしまったのだろうかと、不安を覚えて身を震わせる。

王子様の庇護《ひご》がなければ生きていけないお姫様では困る。御伽噺のなかのお姫様は困らないのだろうけれど、洵はそういうわけにはいかないのだ。

だって、頼れる家族はもうなくて、ひとりで生きていかなくてはならないから。単身フィンランドにまでやってきた磨生に憧れるのも、事情あってのこと。大学生のお気楽な旅行などではなかった。

自立の手段を模索したくて来たはずのフィンランドで、予定外に大切にもてなされる結果となって、嬉しくて夢のようだけれど、不安はより積もる。こんな生活に慣れてしまったら、自分はもう現世に戻れない。

——でも……。

「アレ…ク……」

帰宅したアレクシスがワンピース姿の洵を見たら、なんと言うだろう。仕事は夜遅くまでかかるのだろうか。

ディナーは一緒に食べられるだろうか。だったら、メイクを落としてテーブルにつきたい。ずっとアイラでいるのは、ひどく疲れる。

アレクシス自らが事業の現場に出向くことはほとんどないが、かわりにさまざまな相談や投資話や講演依頼などがひっきりなしに舞い込む。それを処理しているのはクリスティアンの手腕によるところだが、どうしても予定が重なることもある。

要件を済ませたあと、レストランを予約してあるという先方の申し出を断って早々に辞してきた。相手が何を訊きたがっているかの想像がついたためだ。

「こうまで予想どおりとは、さすがに驚きました」

帰りの車中、クリスティアンが眼鏡のフレームを押し上げながら言う。男爵のパーティで仕掛けた噂話の件だ。

ヴィルマン家とどうにか姻戚《いんせき》を結ぼうと画策していた面々が、突然湧《わ》いた婚約者の存在に驚いて情報収集に乗り出したのだ。もちろん、ひとりやふたりの話ではない。

「洵のおかげだな」

これでひとまず、面倒な結婚話を断る理由ができた。アレクシスは結婚というシステムにまるで期待していないし、一生する気もない。その考えの根源には、社交の場以外ではろくろく互いの顔を見もしなかった、両親の存在がある。

家同士の取り決めに逆らえないまま結婚したアレクシスの両親は、跡取りのアレクシスが生まれた途端、役目は果たしたとばかりに別居した。互いに愛人を囲い、そのくせパーティの席などでは鴛鴦《おしどり》夫婦を演出する。

反吐《へど》が出そうな仮面夫婦ぶりだったが、対外的にそれを完璧に演じきっていたことに対しては、尊敬すら覚える。

アレクシスに言いよる連中も同じだ。欲しいのはかつては伯爵位を持っていたヴィルマンの家名と、アレクシスが生み出す資産だけ。そんな相手に用はない。

ノーブルな容貌に騙されがちだが、アレクシスの本質は冷淡だ。価値を見いだせないものに興味はない。時間の無駄も嫌いだ。

だから、たとえば恋愛に溺れるようなことなど、一生あり得ないと自身を分析している。

だが……。

「あれほどに化けると、わかってらっしゃったのですか？」

クリスティアンの言葉を受けて、自分が今何を考えていたのかに気づく。きっと自分の帰りを待っているだろう、愛らしい少年のことを、まさしく考えていた。

「可愛い子だとは思ったが……」

誰ひとり男だと気づかないほどに化けられるとも思っていなかった。たとえバレたとしても、それはそれで面白いと思っていたのだ。どうせ自分の評判に、いくつか下世話なものが足されるだけのこと。

上流階級だのセレブだのと呼ばれる人間は、概して倫理観が薄くて下世話なものだ。歴史がそれを物語っている。

「恩を売って利用するのは構いませんが、間違っても本気だなどとおっしゃらないでください」

まるで機先を制するかのようにクリスティアンが言う。

「本気？」

まさか……とアレクシスが肩を竦めると、「ならいいのですが」と、疑わしげに言う。アレクシスの気質を誰より理解しているのはクリスティアンのはずなのに。

側近がらしからぬ懸念を見せるのを受けて、アレクシスは「なにかあるのか？」と尋ねた。懸案事項があるのなら、対策を考えなければならない。

「いえ、そういう意味ではありません」

ひとつ嘆息して、クリスティアンは言葉を探すように言う。敏腕秘書にしては珍しいことだとアレクシスは怪訝に目を眇めた。

「彼が傷つくようなことがなければいいと思っただけです」

アレクシスは驚きをもって秘書を見やった。

「らしくないことを言う」

返す声が、どういうわけか苦い。

「そうかもしれません」

クリスティアンは、どこか達観した顔で自嘲《じちょう》した。その反応が、さらにらしくない。

だが、それ以上を問うのをなぜか躊躇って、アレクシスは口を噤んだ。そのかわりに、別の話題を持ち出す。

「洵の従兄の件はどうなっている？」

行方をくらましている、伊井田《いいだ》磨生のことだ。カフェ経営をほっぽり出してどこへ消えたのか。洵との約束を思い出しもしないというのなら、発見次第きつく灸《きゅう》を据えてやらねばなるまい。

「行き先を捜させています」

クリスティアンがサラリと返す。その口調に含まれるものを、アレクシスは汲み取った。

「……ふうん？」

とっくに見つけたのではないか？　という問いはあえて口にせず、クリスティアンの好きにさせる。考えもなく、行動する男ではない。

「好きにしろ」

「ありがとうございます」

もうしばらく、洵を返すわけにはいかない。時間稼ぎが必要なのは事実だ。

車窓に視線を投げて、行きすぎるショーウィンドーに目を留めた。

「車を停めてくれ」

アレクシスの視線の先を追って、クリスティアンが口許をゆるめる。

「お土産ですか？」

「昨夜の労をねぎらってやらねばな」

洵に似合いそうな洋服を見つけたのだ。スーツやドレスならオーダーすればいいが、カジュアルな装いなら有名ブランドの最新作のほうがいいだろう。

「ショーウィンドーに飾ってあるものを、一式包んでくれ」

店に入るなりのオーダーに、店員が目を丸くする。棚に並んだ品にも目を留めて、あれもこれもとオーダーしていたら、ついてきたクリスティアンが「この棚の品すべてでよろしいのでは？」とアドバイスをくれる。

「全部…で、ございますか……？」

店員が恐る恐るといった様子で確認をとってくる。アレクシスは時計を確認しつつ返した。

「早くしてくれ。急いでいるんだ」

せっかく予定より早く仕事を終わらせて帰途につくことがかなったのに、無駄に時間を消費させられては意味がない。今朝は洵の顔を見ることもできないままに、出かけてきてしまったのだ。

「た、ただいまっ」

大慌てで、店員総出でラッピングをはじめる。

その時間を使って、アレクシスは通り向かいのパティスリーにも足を向けた。スイーツなら館の専属シェフがなんでもつくるが、可愛らしいパッケージという点においては、市販品にかなわない。

クリスティアンが立てたスケジュールをさほどオーバーすることなく、運転手はリムジンを館の車寄せに滑り込ませることに成功する。

「おかえりなさいませ」

主の予定外に早い帰宅にも、老執事が慌てることはない。

「洵は？」

今日は一日、ハンナとヤコブから伯爵夫人としてのレクチャーをうけていたはずだ。出迎えのなかにハンナの姿がないのを見て、厳しく絞られている真っ最中かと口許を綻《ほころ》ばせる。

「ハンナが興にのりすぎたようでして……」

ヤコブの声がやけに愉しそうだ。

「興？」

ウキウキと洵の世話をする姿が想像できて、アレクシスは苦笑する。

「旦那様の花嫁を、どこに出しても恥ずかしくない伯爵夫人に仕立てるのだと……」

その結果どうなったかは、ハンナが教室として使っていた家人用のダイニングルームに足を踏み入れてすぐに明らかになった。

アレクシスに気づいたハンナが、静かに腰を折る。

「ちょっと厳しくしすぎましたかしら」

微笑ましげに視線を落とす、その先では、洵がソファで丸くなってすやすやと寝息を立てていた。

ハンナの手には畳まれたブランケット。あとは自分がやろうと、それを受け取ってハンナを下がらせる。

「洵？　風邪をひいてしまうよ」

そっと肩をゆすっても、眠りは深いようでまったく起きる気配がない。

一刻も早く土産を渡して、洵の喜ぶ顔を見ようと思っていたアレクシスは、多少の落胆を感じつつも、それ以上の目の保養に小さな笑みを零した。

まったくハンナの手腕には感心させられる。

赤子のように手足を縮めて眠る洵は、淡い色のワンピースを着せられていた。髪にはゆるいウェーブがかけられ、薄化粧と相まって、完璧な美少女だ。無防備な寝顔は罪つくりですらある。

膝丈のワンピースの裾が乱れて、白い素足が曝《さら》されていた。

骨ばった子どもの身体だ。太腿《ふともも》まで少年のように細くて、栄養は足りているのかと心配になる。

欧米人に比べて骨組みの細い日本人にあっても、洵はとりわけ華奢なタイプだとわかってはいるが、手荒く扱ったら壊れてしまうのではないかと不安を覚える。大切に大切に扱わなければ……という気持ちにさせられる。

「中途半端な時間に眠ると、夜寝られなくなるぞ」

小さな子ども相手にするような心配を口にして、少しの思案のあと、アレクシスは手にしたブランケットをソファの背に置いた。かわりに、薄いワンピース一枚に包まれた痩身に手を伸ばす。

昨夜も、車から部屋まで運んだ軽く小さな身体だ。

パーティのあと、よほど疲れていたのだろう、ベッドに下ろして苦しそうなドレスを脱がせても、昨夜の洵は深い眠りから覚めようとしなかった。

ドレスを脱がせてみたら、これはもうハンナの悪戯だろう、女性ものの下着に包まれた細い腰が露わになって、その恰好で寝させておくのもなんだか憐《あわ》れになり、それも脱がせてしまった。

一糸纏わぬ洵の肉体は細く骨ばって、まるきり子どものそれだった。

蒸しタオルで化粧を拭うと幼さの残る素顔が覗いて、細い裸体と相まって年端も行かぬ子どもにいけないことをしている気分になる。洵が成人していることを知っていても、だ。

そんな自分に自嘲したまではよかったが、つづく行動は、アレクシス自身も予想外のものだった。まったく無意識のうちに身体が動いていた。

すやすやと眠る洵の額にキスを落として、すぐに上体を起こすつもりが、白い額に触れただけでは満足できず、穏やかな寝息を立てる柔らかそうな唇に、気づけば触れていたのだ。

自分の行動に驚いて、思考が冷まされた。白い肌の滑《なめ》らかさをたしかめるように瘦身に掌を這《は》わしていたのも無意識で、骨ばった感触を残す掌をまじまじと見やった。

何を血迷っているのかと呆《あき》れることしばし、細い身体にブランケットをかけて、そっと部屋を出たのだ。

昨夜のことを思い出して、アレクシスは洵を抱き上げようとしていた手を止めた。だが躊躇ったのは一瞬のこと、瘦身を腕に抱き上げ、薄い肩を抱く。

部屋のベッドで寝かせてやろうとドアに足を向けたことで、「ん……」と吐息が零れた。

長い睫毛が震えて、焦点を結ばない瞳がゆっくりと瞬く。

「起こしてしまったか」

アレクシスの言葉を理解するように長い睫毛は瞬いて、薄茶の瞳がゆるり……と開かれた。

「……え？　わ……っ」

状況を理解した洵が、驚いて声を上げる。

「危ない」

落ちないようにしっかりと抱きなおすと、今度は縋るものを求めるように首にぎゅっとしがみついてきた。

「あ、あの……っ」

「ソファで居眠りをしていては風邪をひく」

ベッドに運ぼうとしただけだと言うと、白い頬がカッと朱に染まった。洵を落とさないように、横抱きにしたままソファに腰を戻す。

「す、すみません。ヤコブさんのお話の途中で寝ちゃったみたいで……」

「気にすることはない。ヤコブもハンナも、つい力が入りすぎてしまったようだ」

洵を理想の伯爵夫人に仕立て上げようとして興にのってしまったとはさすがに言えず、アレクシスは苦笑を零した。

「テーブルマナーとか、僕、全然知らなくて……」

すみません……と洵が瞼を伏せて、今さらのようにワンピースの裾が乱れて白い太腿が露わになっていることに気づいた様子で慌てる。アレクシスが抱き上げたためだ。

「……っ」

裾を引っ張って、太腿を隠そうとする。その仕種が妙に艶っぽい。骨ばった少年の足だというのに。

「またハンナに遊ばれてしまったようだな」

どれほどテーブルマナーを身に着けようとも、ドレスを着た状態で完璧にこなせなければ意味がない。スカートをはいたときの歩き方というのもある。そこまで考えた上での、ハンナのレッスンだったのだろう。

「可愛いよ、とても」

昨夜のドレス姿もよかったが、清楚《せいそ》なワンピースも可愛らしい。恐ろしいほどに女性に見える。これはもう一種の才能だ。

だが、今の彼はアイラという架空の女性であって、洵ではない。細い頤《おとがい》を捉えて、親指の腹で色づく唇からグロスを拭う。それだけのことで、メイクの下から洵の素顔が覗いた。

「着替えておいで」

土産が部屋に届けられているはずだと言うと、洵は戸惑った様子で瞳を瞬いた。

「きっと似合う」

膝に抱いていた痩身を下ろすと、洵は「ドレスですか？」と上目遣いにうかがう。問われたアレクシスはいくらか驚いて、つい笑いを零してしまった。

「それもいいが――」

今度はどんなドレスがいいだろうか……と冗談めかして言うと、洵は困ったような顔になって視線を落とす。

「――違うよ」

アイラはたしかに美しいが、素顔の洵のほうが愛らしい。素直な喜怒哀楽には、間近に見る者を和ませる力がある。

部屋に戻って、山積みの箱を目にした洵は、唖然とした顔で積み上がった箱を見やった。

「あの、これ……」

まさか全部？　と目を丸める彼には化粧を落としてくるように言って、アレクシスは自ら箱を開く。とりあえずはショーウインドーに飾られていた上下を探し出して広げた。

化粧を落とした素顔の洵がワンピースを纏っているのが、やけに倒錯的に見えた。その薄い肩を隠すカーディガンを脱がせ、次いでワンピースの肩ひもを落とそうとして、慌てた洵に止められた。

「あ、あの……っ」

ひとりで着替えられます……と消え入る声で訴えられる。耳まで真っ赤になって、洵は薄い肩を竦めている。

怯《おび》えさせてしまったらしいと察して、アレクシスは手を離した。不埒《ふらち》なつもりはなかったが、洵にとっては同じことだろう。

しかもこちらは、昨夜のキスの件があるから、まるきり無実とも言い難い気持ちにならざるをえない。

「お菓子もある」

お茶の用意をして待っているから……と言い置いて、踵を返した。

アレクシスがドアを閉めるまで、洵の細い肩は緊張していた。そんな反応をされると、こちらも妙な気分になってくる。

「どうかしているな」

子ども相手に何を考えているのかと、自嘲とともに気持ちを切り替えてドアの前から離れる。そうしなければいけないような、そんな気がしたのだ。

自分でアレクシスの手を拒んでおきながら、ドアが閉まる音が妙に寂しく感じられた。けれど、部屋に山積みにされた大小さまざまな箱に印刷されたスーパーブランドのロゴに震えあがったのも束の間、アレクシスが自分のために選んでくれたのだと思ったら途端に胸が躍る。

しかも、ドレスじゃない。

架空のアイラのための衣装ではなく、洵のための洋服を選んでくれたのだ。それも、こんなにたくさん。

箱から出されたものが上下コーディネイトされたものであることに気づいて、それに袖をとおすことにした。アレクシスが最初に箱から出したのだから、これを着せてくれようとしていたに違いない。

シンプルなシャツとパンツだが、生地感も仕立てもよくて、とても着心地がいい。さすがは世界的なスーパーブランドだけのことはある。

コーディネイトされた靴のサイズもぴったりで、嬉しくなった洵は、姿見の前でくるりと回った。

ワンピースを着せられたときにゆるくウェーブのつけられた髪はそのままだが、髪飾りを外して手櫛《てぐし》で整えれば、いつもの自分とさほど変わらなく見える。ちょっと余所行きな雰囲気だけれど、アイラとは違う。

早くアレクシスに見てほしくて部屋を飛び出す。

リビングから通じる中庭のガーデンテーブルに、お茶の用意が整っていた。

洵が駆け寄ると、アレクシスが手を伸ばしてくる。テーブルの傍らに立つと、リーチの長い腕が洵の腰を引き寄せた。

「思ったとおり、よく似合う」

満足そうに言って、碧眼を細める。

クリスティアンが手にしていたタブレット端末を置いて、洵のために花の香りのする紅茶を給仕してくれた。テーブルには、可愛らしい缶がふたつ。甘い匂いで、チョコレートとクッキーだと知れる。

だが、アレクシスの腕が洵の腰をホールドしているから、洵は席につくことができない。

矯《た》めつ眇めつして洵のシャツの皺を直し、満足げに頷く。それから、まだゆるくウェーブがかかったままの洵の髪をひと房掬《すく》い取って、口許に笑みを浮かべた。

「その状態では、洵さんはお茶もお菓子も召し上がれませんよ」

いいかげん解放してやらなくては……とクリスティアンが主を諫める。

「洵さんのために買い求めたものなのですから」

当人の口に入らなければ意味がないと言われて、アレクシスは「襟を直していただけだ」と手を離した。

慌てて着たからどこかおかしかったのかもしれないと、自身を見下ろす。そこには、着慣れないブランドものに着られた自分。ドレスもワンピースも恥ずかしいけれど、これはこれで奇妙に恥ずかしい。

ドレスやワンピースなら冗談にできるけれど、スーパーブランドの洋服を着慣れないのは単に物慣れないためだ。ファストファッションしか知らないようでは、大人になれないのだと痛感する。

気恥ずかしさに駆られつつテーブルにつくと、お菓子の缶が差し出された。

クラシカルな絵柄の描かれた缶のひとつにはチョコレートが、もうひとつにはクッキーが美しく並べられている。

「たまにはこういう菓子もいいのではないかと思ってね」

ケーキやタルトなどはお抱えのシェフがつくるものがフィンランド一だと思っているけれど、こういう見た目も可愛らしい菓子も悪くないのではないかと言う。

「ありがとうございます」

甘い匂いに誘われて、洵はチョコレートに手を伸ばした。

「……！　すっごく甘いけど美味しい……！」

満面の笑みで言うと、アレクシスが満足げに目を細める。その傍らに立つクリスティアンも、微笑ましげに笑い返してくれた。

「まだお仕事終わらないのですか？」

テーブルの上の端末に視線を落として問う。するとクリスティアンが、何かを隠すようにそれを取り上げた。

「……？　クリスさん？」

もしかして磨生のことだろうかと問う視線を向けた洵だったが、そうではなかった。

「いずれ知れることだ」

アレクシスが頷くと、クリスティアンが一度はテーブルから取り上げたタブレット端末を、洵に見えるように置きなおしてくれる。そしてディスプレイに指を滑らせた。

「これ……!?」

思わず声が零れていた。

ネットニュースサイトのものと思しき画面には、洵には読めないフィンランド語が並ぶ。けれど、それが何を報じたものなのか、添えられた写真から想像可能だった。

「パーティのときの……」

男爵のパーティに出席したときの様子が写されている。

ドレスを身に纏い、アレクシスに肩を抱かれる女装の自分が写されている。

正面から写されたものではないが、顔はわかる。だが、洵自身が見ても、およそ自分とは信じがたかった。

「煽《あお》り文句を訳せば、伯爵夫人は美貌の幼な妻、といったところでしょうか」

クリスティアンが眉間《みけん》に皺を寄せて教えてくれる。

「……なんか……」

悪意がこもっているわけではないが、なんだか微妙に刺を感じるというか、アレクシスを貶《おとし》めようとするニュアンスを感じるのは、気のせいだろうか。

だがクリスティアンの表情から、どうやら自分の勘違いではないと汲み取る。とうのアレクシスはというと、まるで動じない顔でコーヒーカップを口に運んでいる。

「単なる興味本位と、半分以上はやっかみでしょう。不愉快でしょうが、どうか我慢なさってください」

「やっかみ……」

洵が意味を問うように呟くと、クリスティアンが説明の言葉を足した。

「旦那様のビジネス手腕を妬《ねた》む者も多いところへ、こんな美人の婚約者とラヴラヴな姿を見せられたら、大概の男は嫉妬《しっと》に狂います」

ビジネスで失敗すればいい、株価が暴落して落ちぶれればいい、美人の婚約者に振られればいい……などなど。

嫉妬は女性の専売特許ではない。男の嫉妬のほうがよほど、根深くて陰湿でみっともないものだ。

社会的地位や美しい妻といったアイテムは、言葉は悪いが牡《おす》にとっての戦利品であり、古来より己の力強さや賢さの象徴でもあった。

それゆえ、そうしたアイテムのすべてを手にする者に対して、畏敬《いけい》の念を抱くと同時に、妬みも嫉《ひが》みも深くなる。

「メディアはもちろん、娘を伯爵夫人にする気でいた紳士淑女も、こぞって謎の美女の正体暴きに躍起になっていることでしょう」

「そんな……っ」

すでに館の周辺にもパパラッチの目が光っていると教えられて、洵は青くなる。望遠レンズで庭を覗かれたりしたら……と不安を覚えたのだ。

「バレたら……」

どうしよう……と、向かいのアレクシスに救いを求めると、彼はまるで気にする様子もなく「その心配はない」と返してくる。

「でも……っ」

ハンナには「でも」も「しかし」もないと言われたけれど、完璧に隠しとおすことなんて不可能に思える。

思わず周囲を見渡すと、アレクシスが腰を上げてテーブルを回り込んできた。そして、洵の痩身を引き上げる。

広い胸に抱き込まれた。大きな手がやさしく髪を撫でてくれる。

「私が守る」

だから心配しなくていいと言われて、洵は間近に見下ろす碧眼を見上げた。

——……っ。

ドクンッ！　と心臓が跳ねる。

パーティのときに肩を抱かれても、これほどの動揺はなかった。あれは演技だと思っていたから……勘違いしてはいけないと自分に言い聞かせていたから……。

——言い聞かせる？

なにを？　勘違いって、いったいどんな……。

己の思考の道筋が意味不明で、洵は戸惑う。

でもたしかに心臓は痛いほどに高鳴っているし、シャツ越しに感じるアレクシスの体温がその原因であることは明らかだ。

——僕……？

どうしたんだろう、こんなのおかしいのに……。

ドキドキが止まらなくて、洵は視線を落とした。アレクシスの青い瞳は、間近に見上げるには美しすぎる。

そっと広い胸を押して、抱き込まれた腕から逃れる。

「僕、単なる身代わりですし、そんなこと言わないほうがいいです」

「……洵？」

アレクシスが、珍しく戸惑った顔をする。

「ヤバくなったら僕、日本に帰りますから」

だから気にしなくていいです……と、じりっと踵《かかと》で下がって、でも立ち去ることもできず、椅子に腰を戻した。

会話を拒むようにお茶を飲み、お菓子をいただく。

そんな洵を気遣わしげに見ていたアレクシスだったが、宥めるように洵のやわらかな髪を撫でて、そして自分の席に戻った。

アレクシスにとっては、拗ねた犬猫の機嫌をとるのとなんら変わらない程度の、深い意味などない触れ合いなのかもしれないけれど、洵にとっては違う。

嫌だけど、嫌じゃない。嬉しいけれど、嬉しくない。

つい可愛げのない態度をとってしまったけれど、このあとどうしていいかわからなくて、洵はフォークを置き、肩を落とした。

「すみません、部屋に戻ります」

よくしてもらっているのにこんな態度しかとれないなんて……とひどい自己嫌悪に陥りながら、洵はその場から背を向けた。

アレクシスもクリスティアンも引き止めなかった。

部屋に戻って広いベッドに痩身を投げ出し、大の字になって天井を見上げる。高くて、歴史的価値の知れない装飾の施された天井だ。日本で洵が見上げていたものとはまるで違う。

磨生なら、この状況をもっと楽しんだだろうかと考える。

どこの誰とも知れない人から不躾《ぶしつけ》で興味本位の視線を向けられても、関係ないと笑い飛ばして、女装した自分の美しさに酔えただろうか。

洵にはいずれも無理だった。

結果的に人を騙していることになるのだ。

だが、洵が気落ちしている理由の本質は、そこではなかった。

——偽りの婚約者、か……。

大事にされることがつらいなんて……。

「磨生ちゃん、ホントどこ行っちゃったんだろ……」

スマートフォンを確認しても、相変わらずレスはない。磨生から連絡があれば、それを理由に館を去れるのに。

ため息をひとつついて、スマートフォンをテーブルに戻す。充電しておこうと、ケーブルを探して、チェストの上にそれを見つけた。今朝方ケーブルから引き抜いたまま、コンセントが刺さった状態になっている。

その横に、今朝は見なかったものが置かれているのを見つけて、洵は首を傾げた。

白い封筒。

手に取ると、なかには厚めの紙か何かがおさめられていることがわかる。裏返すと、仰々しい封蠟。どこかの紋が押されているが、洵には意味がわからない。

ヴィルマン家の紋章だろうか？　でも、門扉《もんぴ》に掲げられていたものとは、ちょっと違って見えるような気もするけれど……？

この手のものは、見慣れないと皆同じに見えてしまいがちだ。洵もご多分に漏れず、まるきり区別がつかなかった。

だが表には、Miss.Aila と書かれていて、どうやら洵が化けた偽物の許嫁宛《あて》に届けられたものらしいと判断できる。

封蠟がされていることから、ＤＭの類でないことは明白だ。どこかからのパーティの招待状だろうか？　そういうことなら、開封されることなく自分の元に届けられたのもわかる。アレクシスの許嫁の存在を知って、今のうちに懇意にしておこうと思った紋章の主が送ってきたのかもしれない。

あとでアレクシスに訊いてみようと考えながら、ペーパーナイフを探した。普段なら手で開けてしまうところだが、封蠟の存在といい、ぞんざいに扱ってはいけない気がしたのだ。

丁寧に開封して、なかみを確認する。分厚い封書かと思われたものは、何枚かのカード状のものだった。同じサイズのものが重なっていたからそう感じたのだ。

「……？　なんだろ？」

自分が開けてはいけなかっただろうか……と、いくばくかの不安を覚えながらも、ペーパーナイフを入れてしまったあとで言っていてもはじまらないと思い、カード状のものを取り出す。

うっかり手が滑って、洵はそれを床にばらまいてしまった。

「わ……、いけない……、……っ！」

慌てて拾い集めようとして気づいた。

「これ……」

同じサイズのカード状のものは、正しくはカードではなかった。写真だ。ポストカードサイズにプリントされた、十枚ほどの写真。

写っているのは、男爵のパーティに参加したときの洵——アイラだった。身体のラインに沿って流れるような光沢のドレスを身に纏い、アレクシスに腰を抱かれた恰好で、長い睫毛を伏せ気味にうっすらと微笑んでいる。

別の一枚では、痩身を逞しい腕に預けきった恰好で、媚《こ》びるような眼差しでアレクシスを見上げている。

明らかな隠し撮り写真だった。

「どうしてこんなものが……」

ほかには何も入っていない。写真だけだ。これはいったいどういう意味なのだろう。たんなる冷やかし？　それとも嫌がらせ？

「でも、どうして……」

洵の存在を——アイラの存在を邪魔に思う誰かがいるということだろうか。だとしても、なぜこんなものがここに……？

途端、背筋をゾワ……ッと悪寒が突き抜けた。

クリスティアンに見せられたネット記事もそうした類のものではあるけれど……。

「……っ」

思わず両手で自身を抱いて、それに耐える。

どうしよう。アレクシスに知らせたほうがいいのだろうか。ぐるぐると思考が回るものの動けないまま床にへたり込んでいたら、ドアがノックされた。応答がないのを訝ったのか、やや
してドアが開けられる。

「洵？」

寝ているのか？　とつづくはずだったろうアレクシスの問いかけは、床にうずくまる洵を目にしたことで途切れた。

「洵……!?」

どうした？　と大股《おおまた》に駆け寄って、傍らに片膝をつく。そして、床に散らばったものに目を留めた。

洵はぎこちなく首を巡らせて、アレクシスを仰ぎ見る。

「こ…れ……」

どうして？　と声にならない声で尋ねる。アレクシスの腕が伸ばされて、広い胸に抱き込まれた。

「大丈夫だ」

低く甘い声が耳朶《じだ》に落とされて、それだけでホッと安堵を覚える。

なかなか戻ってこないアレクシスを訝ったのか、クリスティアンがやってきて、開け放たれたままの扉に気づいて室内をうかがい、「どうなさいました？」と小走りに駆け寄る。そしてアレクシス同様、床に散らばったものに目を留めた。

「これは……」

思わず……といった口調で呟いて、銀縁眼鏡の奥の瞳を眇める。アレクシスが何も言わずと

Miss.Aila.

も、「調べさせます」と散らばったものを手に取った。それから、洵の部屋を別に用意するように、執事のヤコブに命じる。

「おけがなどは？」

「大丈夫のようだ」

クリスティアンの問いに、腕に抱いた洵の身体をたしかめて、アレクシスが応じる。

彼らが何を問題にしているのかは、すぐにわかった。

写真を隠し撮りされたことではなく、写真が洵の部屋に届けられたことのほうを問題視しているのだ。

ヴィルマンの館内は、いわゆる安全地帯のはず。だというのに、誰からのものか知れない封書が洵の部屋に届けられた。それは、セキュリティが破られたことを意味する。

——……っ！

この部屋に、誰かが侵入した？

そう気づいた途端に、情けないことにも膝から力が抜けた。それまで自覚できていなかった恐怖がふいに襲う。

アレクシスのスーツの袖にぎゅっと縋ると、大丈夫かと問うように大きな手がそっと髪を撫でた。

ひとまず部屋を移ろうと、アレクシスが腕を貸してくれる。けれど洵は立ち上がれなくて、ただ首を横に振るばかり。アレクシスの手が宥めるように背を撫でても、思考は半ばパニックだ。

どうしようもないと思ったのだろう、アレクシスの腕が洵を抱き上げた。

「……っ！」

驚いて瞳を上げたら、すぐ目の前に透明度の高い碧眼。端整な面《おもて》が視界いっぱいに映って、洵は動揺を覚える。おかげで先のパニックは落ちついたが、かわりに別のパニックが襲った。

今度は鼓動が落ちつかない。

「しっかり捕まっていて」

「……っ」

コクリと頷くのが精いっぱいだった。

ヤコブが新たに用意してくれた別のゲストルームへ運ばれるものと思っていたのだが、辿《たど》り着いた場所はどう見ても違っていた。

品のいい艶を放つ調度品は、使いこまれてはいるものの洵などにはその価値もわからないアンティークで、天井まで届く大きな窓の向こうには、館の前庭が広がっている。執務机の上には薄型のノートパソコンとファイリングされた書類の束、ソファセットのローテーブルには名窯《めいよう》のティーセット。

「ここ……」

戸惑いに長い睫毛を瞬く洵を抱いたまま、アレクシスは部屋を横切って奥の間へ。そこはベッドルームだった。

「私の部屋だ」

その言葉の意味をどう理解していいのか。

キングサイズのベッドにそっと下ろされて、洵は言葉もなくアレクシスを見上げる。

「この館で一番安全な場所だ」

そう言って、指の長い綺麗な手で、洵の髪をくしゃり…と混ぜた。

そこへ、ヤコブがティーセットののったワゴンを押してやってくる。洵のためにハーブティーを淹れてくれた。

「温かいものをお飲みになれば少し落ちつかれることでしょう」

やさしい声が、洵を気遣ってくれる。

「ありがとうございます」

アレクシスの手からティーカップを受け取って、まずは湯気を吸いこみ、深い呼吸がかなったところで、そっと口をつける。

精神を落ちつかせる作用のあるハーブが使われているのだろう、スーッと気持ちが落ちつくのがわかった。

落ちた肩をアレクシスが気遣うように抱いてくれる。この腕の温かさが本当に自分のものなら……なんて思って、自分は何を考えているのだろうかと胸中で自嘲する。手にしたティーカップが妙に重く感じられて、腕から力が抜けていく。

——僕、どうしたんだろ……。

不思議に思ったのを最後に、洵の意識は途切れた。

「おやすみ」

眠って、嫌なことは忘れてしまえばいいと、アレクシスが白い額にキスを落とす。そして、広いベッドに洵の痩身を横たえた。

洵を気遣ったクリスティアンが、ヤコブの用意したハーブティーに睡眠薬を仕込んでいたのだ。もちろんホームドクターが処方したものだ。

だから、まだ若いメイドのひとりが買収されて洵の部屋に封書を置いたことも、彼女にはやむにやまれぬ理由があったことも、アレクシスが彼女を責めもせず、それどころか使用人の家庭事情を慮《おもんぱか》れなかったことを主として詫びたことも、洵が知るのは後日のことになる。

間に何人もの仲介者がいたものの、メイドを買収したのが自称アレクシスの花嫁候補の父親だったことが、クリスティアンの調べで翌日には明らかになった。アレクシスは即座に事業上の取り引きを中止した。

この指示には、さすがのクリスティアンも驚いて、「即刻でございますか?」と確認をとったのだが、アレクシスは洵から視線を逸《そ》らすこともなく、「私の命令が聞こえなかったか?」

と低い声で返すのみだった。

彼にそんな冷酷な一面があることも、洵は知らないまま眠りつづけた。

普段あまり薬を飲まない洵が、ホームドクターの処方以上に眠りこんでしまって、アレクシスとクリスティアンを焦らせたことも、もちろん知らないまま。

どれくらい眠っていたのか、洵自身にはまるきり時間の感覚がなかった。


洵を深い眠りから目覚めさせたのは、経験のない浮遊感と、何かに遮られた遠く向こうから届く、どこかで聞いたことのある機械音だった。

覚醒《かくせい》を促されて重い瞼を上げる。眩《まぶ》しい光を感じて、目の奥が痛んだ。

「……っ、ん……」

もう朝だろうか。自分はいったいいつの間に眠っていたのだろう。

寝ぼけた意識下でそんなことをつらつらと考えていると、すぐ間近から「起きたのか」と甘い声。

——……え？

出会ってまだいくらも経《た》たないはずなのに、すっかり耳に馴染んでしまった甘い声がごくごく間近に聞こえて、洵はぎょっと瞼を押し上げた。

「……っ！　へ……っ!?」

なにごと!?　と、途端に意識が覚醒する。

慌てて跳ね起きようとしたら、「危ない」と制される。視界いっぱいにアレクシスの端整な面が見えて、洵はまたもぎょっと目を瞠った。

「暴れないで。ヘリはバランスが重要なんだ」

「ヘリ……？」

戸惑いのままに周囲に視線を巡らせる。

自分の置かれた状況が、ようやく呑み込めた。

ヘリコプターの機内にいるのだ。しかも、毛布に包まれ、アレクシスの膝に抱かれた恰好で。何かに遮られたような音に感じたのは、ヘッドセットを装着されていたから。アレクシスの声が鼓膜に直接届いたのもこのためだ。

ヘリコプターの機内では回転翼の騒音がうるさすぎて、ノイズキャンセルマスクを装備したヘッドセット越しでないと会話ができない。

五人乗りのタービンヘリの操縦桿を握っているのはクリスティアンだった。洵は後部シートでアレクシスに抱かれている恰好だ。

「お目覚めになられましたか？」

ヘッドセット越しにクリスティアンの声。

「窓の外を見てごらん」

アレクシスが窓の外……いや、下方を指差して促す。

ヘリコプターがかなりの高度を飛んでいるのは明らかで、洵は恐る恐る窓の外に視線を投げた。ジャンボジェット機の小窓から雲海を眺めるのとはわけが違うと、目を向ける前から体感でわかる。

だが、恐る恐る覗いた眼下に広がっていたのは、想像を超えた絶景だった。

「わ……ぁっ」

思わず感嘆が口をつく。そして、すごい……と、洵は大きな目をさらに零れ落ちんばかりに見開いた。

一面の緑が地平線まで広がっている。豊かな森と水源、ところどころに蠢《うごめ》く野生動物は、もしかしてトナカイ？　ヒグマの姿も見えそうだ。

「ラップランドだ」

「……！　これが……!?」

思わず身を乗り出していた。ヘリコプターの窓に貼《は》りつくような恰好で眼下を眺める。テレビのドキュメンタリー番組で空撮映像を見て以来、いつか訪れてみたいと思っていた場所だった。

思いがけず願いがかなって、洵はただただ目を丸くするよりほかない。

ラップランドは、魔法と神話の国と言われている。サンタクロースは、ラップランド地方のロヴァニエミという街に住んでいるのだ。

アレクシスの言う「ラップランド」はフィンランドの北方地域を意味しての説明だが、正しくはスウェーデン、ノルウェー、フィンランド、ロシアの四カ国にまたがる、スカンジナビア半島北部からコラ半島に至る地域を指して言う。ラップランドとは辺境という意味で、先住民族のサーミ人が住んでいる。

ラップランドが魔法と神話の国と言われるのも、サーミ人の古《いにしえ》の精霊信仰に由来してのものだ。

氷に閉ざされる冬にはオーロラと犬ぞりが楽しめる。だが今は夏。沈まぬ太陽が二カ月以上にわたって北極圏の短い夏を照らしつづける。その逆に、冬になると太陽の昇らない極夜《きょくや》が二カ月ほどつづく。

「真夜中の太陽が見られるんですか？」

洵が声を弾ませると、アレクシスが「もちろん」と頷いてくれる。「オーロラが見られるといいんだが」と言われて、洵は「夏でも？」と驚きに目を瞠った。極寒の冬でなければ現れない現象だとばかり思っていたのだ。

「ラップランドでは年間二百夜オーロラが現れるといわれているよ」

けれど、夏は白夜になるため可視が不可能になる。ゆえに極夜を狙ってオーロラ見物ツアーが組まれるのだ。

「そんなに……！」

すごい！　と目を輝かせる洵の記憶から、昨夜の出来事はすっかり消え去っていた。それどころではない状況が目の前に広がっているのだから、それも当然だ。

そのためにアレクシスがヘリを飛ばしてくれたことに気づく余裕もないほどに、三六〇度広がるラップランドの絶景に見惚れる。

やがて緑の森の向こうに、開けた場所が見えてきて、それがヘリポートであることに気づく。クリスティアンは慣れた様子で操縦桿を操作して、ヘリを着陸させた。

その手際に洵が見惚れていたら、「旦那様のほうがもっとお上手ですよ」とクリスティアンが苦笑する。アレクシスもヘリを操縦できるらしい。

ラップランドには五つの空港があるが、どこもヘルシンキから一時間半から二時間ほどのフライトだ。自家用ジェットを飛ばすより、別荘のすぐ近くに降りられるヘリコプターのほうが便利で、アレクシスはいつも自家用ヘリを使うのだという。

ヘリを降りると、やはりヘルシンキより気温は低く感じられた。アレクシスが洵の痩身を毛布でしっかりとくるんでくれる。

すると、森の奥から下草を駆ける音がして、駆け寄る獣が一頭、二頭……五頭。洵が啞然としている間に、大型犬の群れに囲まれた。

「わふ！」

全身で喜びを表現しながら、洵とアレクシスの周囲を駆けまわる。もふもふの毛におおわれたシベリアンハスキーたちだった。毛色は五頭とも違う。

「Istu!」

アレクシスがフィンランド語でコマンドを与えると、五頭ともがピタリと止まってお座りをする。今のはどうやら「座れ」という意味らしい。

「犬ぞり犬だ」

ラップランドの別荘で飼っているのだという。冬に行われる犬ぞり大会では何度も優勝している優秀な犬たちなのだと教えられた。

「おっきい！　可愛い……！」

一番手前にお座りをする、一等大きな犬にそっと手を伸ばす。洵を見極めようとするかのように犬は洵の手の匂いをふんふんと嗅《か》いだ。

「こいつがリーダーのムスタ」

「わふっ！」

アレクシスに紹介されて、洵の手に鼻先を寄せていた犬が返事をする。

ムスタはフィンランド語で黒という意味だ。名前どおり、ムスタは黒毛だった。ほかの四頭のハスキー犬とは顔つきも少し違う。

「ムスタは狼犬なんだよ」

犬と狼の交雑種のことだ。フィンランドではウルフと呼ぶ。

「狼……!?」

「とても賢くて忠誠心が強いんだ」

主と定めた人のあとを、どこまでもついてくるのだという。

「撫でてもいいですか？」

アレクシスが頷くと、それがわかったかのようにムスタがふさふさの尾を振った。夏毛に生え変わっているといっても、さすがは北極圏に生きる犬、分厚い毛皮はとても撫で心地が好い。

最初は遠慮がちに撫でていた洵だったが、ムスタが受け入れてくれたのがわかって、大きな軀《からだ》をめいっぱい抱きしめ、わしゃわしゃと撫でてみる。ムスタはベロベロと洵の顔を舐めた。

「くすぐったいよっ」

「わふっ」

リーダーが受け入れたためだろうか、ほかの四頭も興味津々と洵を囲む。まるで次は自分と遊んでくれと言っているようだ。

「冬になったら、オーロラと犬ぞりを楽しみにまた来よう」

北欧の夏は短い。夏には夏の楽しみ方がある。

「はい！」

思わず大きく頷いてしまって、洵は胸中で自嘲した。

この環境に慣れてはいけないと、昨夜あんなに考えていたことを思い出したのだ。そしてようやく、昨夜から今までの状況に考えを巡らせる余裕が出てきた。

「アレクさん、どうして……」

ムスタの体温を感じながら、アレクシスを見上げる。

「話は温かい暖炉の前でしよう」

そう言って、洵を毛布ごと抱き上げてしまう。

「……っ！　アレク……!?」

歩けます！　と主張しても、聞き入れてもらえなかった。

「重いですよ、僕、女の子じゃないし……」

ささやかな抵抗。なのに「大柄なフィンランド女性より軽いくらいじゃないか？」と笑われて撃沈した。

貧弱な自分を恥ずかしく思う以上に、アレクシスにこんなふうにされたことのある女性がいるのだな……なんてことのほうが気にかかる。

——誤解させるようなことばっかり……っ。

恨めしい文句も、胸中で呟くしかできない。大切に扱われて女の子のようにときめいている自分がたしかにいることを、もはや誤魔化せなくなっている。

森を抜けてすぐに別荘の建物が見えてきた。ヘルシンキの館とも湖水地方の離宮とも違う、山小屋風のたたずまいだ。

ドーム状のガラス天井が見えて、なんだろうかと瞳を瞬くと、オーロラを見るためにつくられたガラス張りのイグルーだと教えられた。

これと同じ施設をウリにしたホテルもあるのだと、補足説明をしてくれたのはクリスティアン。言われて、旅行雑誌で見かけた写真に写っていた光景を思い出した。

イグルーとはそもそも、エスキモーやイヌイット民族が生み出した、テントのようなかまくらのような住居のことで、スノードームとも呼ばれる。

それを観光用にガラスでつくったのがホテルに使われているガラス製イグルーで、オーロラを見るために世界中から観光客がやってくるのだ。寒さに震えることなくオーロラ観賞ができるのなら、そんなありがたいことはない。

でも、犬ぞり犬たちの毛皮に埋もれながら、極寒の夜空を見上げるのも北極圏の地らしくていいのではないかと、洵は考えた。もちろんその場になったら、寒さに耐えられないと音《ね》を上げるかもしれないけれど。

夏場、オーロラは見えないが、かわりに真夜中の太陽——沈まぬ太陽が見られる。

別荘の内装は木目を基調とした温かい雰囲気で、なんと犬たちも室内についてくる。リビングまでは、入ることが許されているらしい。スカンジナビア半島まで暖流が流れ込んでいるため、ラップランドは意外にも四季がはっきりしている。夏の間は欧州の他地域とそれほど変わらない気温ではあるが、とはいっても日本のような猛暑ではありえない。

何より、大自然のなかだから、ヒートアイランド現象などとも無縁なわけで、天気予報で報じられる気温以上に、空気はひんやりとして感じられる。皮膚感覚の違う欧米人は薄着で平気でも、日本人には冬の気温に感じられることもある。

だから夏でも暖炉が活躍している。クリスマスにはサンタクロースがやってくるに違いないと思わせてくれる煙突に繋がった暖炉の前に置かれた長椅子にそっと下ろされて、洵は高い天井を見上げた。

その足元に、ついてきたムスタが横たわる。ほかの犬たちは、洵がリビングに落ちつくのを見届けて、どこかへ消えた。犬舎へ戻ったのかもしれない。

忠義な姿に眦が下がる。手を伸ばして耳に触れると、ぷるるっと震わせて、尾をひと振り。

そこへ、クリスティアンが片手に抱えられるサイズの籐籠《とうかご》を手に戻ってくる。その籠を差し出されて、洵は目を瞠った。

「みー」

籐籠のなかには、生後一カ月くらいだろうか、ふわふわ産毛の仔猫が三匹。スカンジナビアの森を原産地とする長毛の大型種の猫だ。仔猫なのに足がとてもしっかりしていて大きい。ブラウン系のタビー模様が二匹と、クリーム色が一匹。

「わ……ぁ」

ふわふわだ……と洵が瞳を蕩《とろ》かせると、足元で寝そべっていたムスタがむっくりと起き上がって、籐籠のなかに鼻先を突っ込んだ。

「え？　ムスタ？」

つい「食べちゃダメだよ」なんて言ってしまって、アレクシスに笑われる。そうはいっても、ムスタの大きな口なら、仔猫なんてひと呑みだ。

「大丈夫」

見ててごらんと言われて、見守っていると、仔猫たちがムスタの鼻先に悪戯をしかけはじめた。猫パンチを食らわしてみたり、全身で食ってかかったり……完全に玩具《おもちゃ》にしはじめる。だがムスタは動じない。おとなしく仔猫たちの好きにさせている。

「みーみー」

「なーっ」

「うにゃぁん」

ムスタの大きな舌にべろんっと舐められて、仔猫たちは籐籠のなかで転がった。まるで母猫に甘えるかのようにムスタにすり寄っていく。

「待ってて、今出してあげるから」

「うなー」

仔猫たちをムスタの足元に下ろしてやると、ムスタは仔猫を潰さないようにゆっくりと軀を横たえる。仔猫たちはめいめい、ムスタの毛に埋もれた。

「やさしいんですね、お母さんみたい」

「ムスタは牡なんですが……母親のいない仔猫を放っておけなかったのでしょう」

森の奥で弱っていた仔猫を別荘の管理人が見つけたのだと、クリスティアンが教えてくれる。衰弱しきっていた仔猫たちを、ムスタが温めて母親のように世話をしたおかげで、仔猫たちは元気になったのだと聞いて、洵は思わず涙ぐんでしまった。

「そっか……ママいないんだ……でもよかったね、いいおうちに拾われて」

「みー」

小さな生き物に勝る癒しはない。アレクシスが洵をこの別荘に連れてきた理由の何割かは、この仔たちにあるのではないかと思われた。きっと管理人から仔猫の話を聞いていたのだろう。フレッシュな香りのハーブティーを出されて、ちょっとためらう。アレクシスが「睡眠薬は入っていないよ」と苦笑した。

それから、ふいに真剣な表情になって、洵の手を取る。

「怖い思いをさせてすまなかった」

昨夜のことを詫びたあと、なぜああいった事態が起きたのかを説明してくれた。

ただ洵の部屋に封筒を置くだけだからと買収された若いメイドには病気の親がいて、その治療費欲しさのための行動だった。最近館で働きはじめたばかりで、彼女の家族事情を把握していなかったことを、アレクシスはひどく恥じているようだった。

雇用主には、それだけの義務があると彼は言う。使用人のみならず、使用人の家族まで幸せでなくてはならないのだと。そうやって助け合いながら、極北の地を代々治めてきた家柄なのだと説明を補足したのはクリスティアンだった。

メイドはひどく反省していたため、首にするのではなく、より深い忠誠心でもって館に勤めてもらうことにしたという。

働きはじめて日が浅いのもあって、まだ雑用程度しかしておらず、館に客人が宿泊していることは知っていても、何者であるか知らなかったために、洵とアイラの関係についても何も知らないままに、金で利用されてしまったらしい。

「僕のほうこそすみません。ちょっと驚いただけだったのに、大袈裟なことになっちゃって、ご心配をおかけして……」

こんなに気遣ってもらって。

偽物の婚約者でしかないのに。

「洵が謝ることではない。悪いのは私だ。だから何を賭《と》してもきみに――」

「やめてください」

洵はアレクシスのやさしい声を、つい強い口調で遮っていた。

「……洵？」

どうしたのかと、アレクシスが訝る。昨夜からのこともあって、碧眼が心配気に細められた。

そんな顔をされると洵はますます身の置き場がなくなって、膝の上できゅっと拳を握る。

話が深刻になると思ったのか、クリスティアンがそっと部屋を出ていった。足元のムスタと仔猫たちは心地好さげに寝入っている。

「違うんです」

気遣ってほしいわけじゃなくて……気遣われるのは嬉しいのだけれど、でもこれ以上やさしくされたら本当に誤解してしまいそうになる。

「そうじゃなくて……その……」

どう説明していいかわからなくて、困り果てる。

「洵？　きみには本当に迷惑をかけてしまったと思っているよ。でも——」

「違うんです！」

さっきより強い口調で遮っていた。

アレクシスの碧眼が驚きに見開かれる。

「迷惑なんかじゃ……でも、もうこれ以上、やさしくしないでください。僕——」

言い淀みかけた言葉を、一気に吐き出す。

「偽物なのに……男なのに……勘違いしそうになるじゃないですかっ。こんなによくしてもらって、こんなふうに大切にされたら、偽物だってわかってても……わかってるのに、勘違いします！」

言えないでいたことを吐き出して、洵はようやく深い息をつく。けれど、口にしたらしたですぐに後悔して、顔を上げられなくなってしまった。

何を言っているのかと笑われたらどうしよう。気持ち悪いと突き放されたらどうしよう。せっかくやさしくしてもらったのに、失礼な態度だと怒らせてしまったかもしれない。

わざわざラップランドにまで連れてきてもらったけれど、一緒に沈まぬ太陽を見ようと誘ってもらったけれど、やっぱりこのまま帰ろう。

あんな写真が届けられるくらいだから、きっと偽物とは知られないまま許嫁の存在は知れ渡っていて、アレクシスの希望はかなえられるだろう。もはや自分にできることはない。磨生のこともういい。日本に帰って磨生からの連絡を待てばいい。

重苦しい沈黙。

耐えられなくなった洵が腰を上げようとすると、横から伸びてきた手に二の腕を摑まれて止められる。大きな手が、洵の頬を包み込むように添えられた。

促されて顔を上げると、そこには真摯《しんし》な色をたたえた青い瞳。

「自分が何を言っているか、わかっているかい？」

そんなふうに訊かれて、咎《とが》められたと思った洵は咄嗟に詫びた。

「……っ、ご、ごめんなさいっ、でも僕……っ」

その口を、アレクシスの指が塞ぐ。頬を包む手の親指に唇をなぞられて、つづく言葉は喉の奥に消えた。

「アレ…ク……？」

視界が陰って、唇に熱が触れる。

軽く触れた、次の瞬間には、深く合わされていた。

「……っ！　……んんっ！」

頬を包んでいた手が後頭部にまわされて強く引き寄せられ、ついで痩身が広い胸に捕らわれる。

何が起きたのかわからぬままに、口づけに翻弄《ほんろう》された。

舌が痺《しび》れて、思考も痺れはじめる。背筋を震わせる喜悦が全身に広がって、身体から力が抜ける。呼吸が苦しくなって、アレクシスの肩にゆるく握った拳《こぶし》を打ちつけた。——が、ろくに力が入らなくて、縋っているようにしか見えない。

「……んっ」

ようやく解放されたとき、洵はアレクシスの腕のなか、うっとりと瞳を潤ませて、痩身をすつかりあずけきっていた。

間近に見下ろす碧眼を見上げる瞳には、無意識の媚《こび》。艶を孕《はら》んだそれは、洵が欲情している証拠だ。

その洵を抱き上げて、アレクシスは部屋を出た。どこへ連れていかれるのかと思いきや、辿り着いたのは天井がドーム型のガラス張りにされた円形の部屋。外から見たガラス製のイグルーだ。

廊下の端、通常はサンルームをつくるだろう場所に、イグルーがつくられているのだと理解する。

広い室内には、ソファセットと、そして大きなベッド。寝ころんだ恰好で夜空を見上げ、オーロラ観賞ができるようにつくられているのだ。

だが今は、まだ明るいラップランドの青空が広がっている。周囲は濃い森に囲まれて、誰の目を気にすることなく寛げる設計だ。視界を横切る闖入者《ちんにゅうしゃ》があるとすれば、野生の獣くらいのものだろう。

その広いベッドに下ろされて、ガラス越しの青空を見上げたのも束の間、視界は豪奢《ごうしゃ》な金髪に遮られる。

洵の細い身体のラインを辿ったアレクシスの手が足の付け根に伸びて、洵は慌てた。

「だ、ダメ……っ」

小さな悲鳴を上げる。洵のそこは、先の口づけに煽られて、すっかり欲情していた。それをアレクシスに知られたことが恥ずかしくて、大きな瞳にじわっと涙が滲む。

「ごめ…なさ……ぼく、こんな……」

男なのに、こんな反応をしてしまってごめんなさいと詫びる。アレクシスに隠していた本心を暴かれたと感じたのだ。そして、それを責められていると誤解した。

アレクシスが、洵の可愛らしい反応に目を細めていても、洵にとっては咎める視線に見えたし、恥ずかしい反応を指摘するアレクシスの行為が、牡の征服欲に根差す嗜虐心《しぎゃくしん》からのものと理解できるような経験値もなかった。

「反応しているね」

「……っ、や……っ」

ずっと毛布にくるまれてアレクシスの腕に抱かれていた洵は、昨夜眠っている間に着替えさせられたパジャマ姿だった。薄い生地の下の肌が熱を上げているのを指摘されて、シーツの上であとじさるものの、逃げることはかなわない。あっさりとアレクシスの腕に拘束されてしまった。

背中から広い胸に捕らわれて、パジャマをはだけられる。ガラスのドーム越しに差し込む明るい陽射《ひざ》しのなか、隠すことのかなわない痩身を暴かれる。

「だ……め、ぼく、女の子と違う、から……っ」

自分ではダメなのだと訴える。するとアレクシスは、そんなことはわかっているといわんばかりに、骨ばった洵の痩身を、明るい陽の下に曝した。

細い足からズボンを引き抜かれ、シャツを肩からすべらされて、白い胸が露わになる。下着の薄い生地の上から形を変えた欲望をなぞられた。

「や……ぁっ」

頬から首筋に淡いキスが降る。薄い胸を探られて、ツンと尖《とが》った胸の飾りをきゅっと抓《つね》られた。

「ひ……っ、あ……っ」

反射的に膝頭を擦り合わせようとして、狭間《はざま》を探るアレクシスの手に阻まれる。白い太腿を撫でられ、腰を包む薄い布地を引き下げられて、欲望を直接握られた。

「……っ！　は……ぁ……っ」

震える手でアレクシスの腕に縋る。やめてと言いたいのか、もっと触ってと言いたいのか、もはやわからなくなっている。ただ湧きおこる熱は止めようがなかった。

「洵」

「や……んんっ」

瞼や頬に淡いキスを受け取りながら、アレクシスの手管に翻弄される。自慰しか知らない洵の欲望は、たちまち先端から蜜《みつ》を滴《したた》らせはじめた。

「い……や、だめ……出ちゃ……」

長い睫毛に溜《た》まった涙が、紅潮した頬を零れ落ちる。それを追うように淡いキスが降らされる。

張り詰めた欲望に絡む長い指の刺激は容赦なく、洵の肉欲を煽りたてる。ぽろぽろと涙を零す洵をあやすように、やさしいキスを降らせながらも、手は放してくれない。それどころか、敏感になった先端を爪先に抉《えぐ》られて、洵は高い悲鳴を上げた。

「ひ……っ！　あ……ぁっ」

白濁が薄い腹まで飛び散って、白い内腿が痙攣《けいれん》する。アレクシスの手に嬲《なぶ》られて吐精してしまったのだと気づいて、涙に潤む瞳から大粒の涙が零れ落ちた。

「や……って、言った……のに……っ」

ひどい……と詰《なじ》る。その唇に啄《ついば》むキス。

その間にも局部を嬲っていた手はさらに奥へと伸ばされて、洵の後孔を探った。

「や……な、に……？」

戸惑いに長い睫毛を瞬く。

その反応から洵が未経験であることを察したのか、アレクシスが手を引く。だがホッとしたのも束の間、背中からシーツに倒され、膝に手をかけられた。

「……え？　や……っ」

膝を割られ、明るい陽の下に局部を曝される。吐き出した蜜に濡れそぼつ欲望が露わになって、洵は全身を朱に染めた。

つい今さっき射精したばかりだというのに、アレクシスの視線に曝されて、洵の欲望が頭を擡《もた》げる。白い肌を戸惑いと羞恥《しゅうち》に震わせながらも、あさましい肉欲を露わにして、まるでもっと触ってほしいと訴えるかのようにしとどに蜜をあふれさせている。

「や……ど、して……」

どうしてこんな反応をしてしまうのか。はじめてのことに動揺して、洵はぽろぽろと涙をあふれさす。アレクシスは「可愛いよ」と膝の内側にキスをして、それから内腿に愛撫を落とした。

やわらかな肌に刻まれる情痕《じょうこん》。

ただ呆然とアレクシスの愛撫を受け入れるよりほかない洵は、あさましく勃《た》ち上がった欲望が、アレクシスの口腔《こうこう》に捕らわれる瞬間を目撃してしまった。

「ひ……あっ、あぁ……っ！」

途端、背を突き抜けたのは経験のない快感。自慰とはまるで違う濃い喜悦に、高い声を上げて背を震わせる。

「あ……あっ、だめ……放し、て……っ」

瞬く間に頂に追い上げられて、洵は慌てた。熱く絡みつく舌に射精を促されて、我慢できなくなる。

「は……ぁっ、――……っ！」

懸命にこらえようとしても無駄だった。抗う術《すべ》もないままにアレクシスの口内に白濁を吐き出してしまう。

痙攣したかのように跳ねる腰を押さえつけ、アレクシスの舌が残滓《ざんし》まで啜《すす》った。

「あ……ぁ、んっ」

解放の余韻にぐったりと痩身を沈ませて、洵はシーツに肢体を投げ出す。白い太腿は淫《みだ》らに開かれた恰好のまま。その太腿をさらに大きく開かれ、腰が浮くほどに膝を折られる。

狭間を熱いものに舐《ねぶ》られて、洵は高い声を上げた。

「ひ……っ」

双丘の狭間を舐められたのだ。後孔の入り口をほぐすようにアレクシスの舌が蠢いて、さきほどまで洵の欲望を嬲っていた長い指が、今度は後孔を探りはじめる。

「い……や、痛……っ」

はじめて感じる異物感に喘《あえ》いだのも束の間、内壁を擦られて、途端に腰が跳ねた。

「……っ！　ひ……ぁっ、や……ぁっ！」

感じる場所を容赦なく抉る指が、洵の内部を蕩かせていく。浅い場所を舌先に抉られて、身体の奥が疼《うず》きはじめる。

後孔を嬲られて感じるなんて恥ずかしいと思うのに、濃い肉欲は隠しようもなく、洵は啜り泣いた。

「だ……め、ダメ……っ」

お願い許して……と、泣きじゃくりながらアレクシスの豪奢な髪に手を伸ばす。けれど、力の入らない指ではやわらかな髪を混ぜる程度の抵抗しかかなわなくて、それどころかもっと強い刺激が欲しいとばかりにアレクシスの頭を引き寄せてしまう。

口では嫌だダメだと言いながら、身体がまるで反対の反応を見せていては、聞き入れられるはずもない。

後孔を舐められて、またも欲望があさましい反応を見せる。

アレクシスの髪を混ぜていた手を自身の欲望へと促されて、唆《そそのか》されるままに指を絡めたら、放せなくなってしまった。

「あ……ぁっ、い……いっ」

甘ったるい声で喘ぎながら、自慰に耽る。後孔を舐られながら、蜜を滴らせる自身の欲望に指を絡め、扱《しご》く。

情欲に染まった思考は、もはや正常な判断力を失くして、ただ目の前の肉欲を追い求めるばかり。

初心な肉体が奔放に欲情に溺れるさまは、アレクシスの目を存分に愉しませて、大人の男の理性を揺さぶる。もっと泣かせてもっと甘い声を聞きたいと、嗜虐心も露わに荒々しい行動へと駆り立てる。

自分の反応が墓穴を掘っているなどと考えの及ばない洵は、この場でただひとり頼れる存在に縋るばかりだ。

「アレ…ク……」

舌ったらずな声で愛しい人の名を呼ぶ。

どうしてこんな事態に堕ちているのか、わからないままにはじめて知る情欲に翻弄されても、明らかなことがひとつだけあった。

アレクシスが好きだということ。

頼まれて偽物の婚約者のふりをして、大切に扱われて、嬉しいのに寂しくて、情緒不安定に陥った。

今、わけのわからぬまま恥ずかしい行為を強要されて、驚きと羞恥に駆られながらも、決して嫌ではないのは、すべてアレクシスを愛しく思うが故だ。

アレクシスがどんなつもりなのか、洵に理解しかねた。

けれど、こんな行為を受け入れてしまえるほどには、自分はアレクシスが好きなのだ。

だが、そんなことを考えていられたのもここまで。

舌に舐られた場所がじくじくと疼くような快感を訴えて、喜悦を甘受する肢体がすっかりと力を失くしてシーツに沈み込むのを待っていたかのように、アレクシスは顔を上げた。

「あ……んっ」

淫らに戦慄《わなな》く場所を長い指で抉って、その場所が充分に蕩けていることを確認する。白い太腿は淫らに開かれたまま。

衣ずれの音がして、狭間に熱いものが触れた。

それがなんなのか、理解する前に、衝撃が襲う。

「……っ！　ひ……っ！」

ズ……ンッ！　と脳天まで突き抜ける衝撃。細い背が撓《しな》って、白い喉から悲鳴が迸《ほとばし》る。

「痛……あっ、や……ぁ、あっ！」

一気に最奥《さいおう》まで貫かれて、衝撃に痩身が跳ねる。その細腰を押さえつけるように力強い律動が襲って、洵は縋るものを求めて手を伸ばした。

広い背にひしっと縋ると、瞼にキスが落ちてくる。それから喘ぐ唇にも。

感じる場所を的確に穿《うが》たれて、激しい喜悦に襲われる。律動に揺さぶられるまま、頭を振って身悶《みもだ》え、甘い声を上げた。

「や……あっ、あ……ぁんんっ！　い……ぃっ！」

痛みも衝撃も凌駕《りょうが》する快楽に翻弄されて、洵は奔放に声を上げ、乱れる。広い背に爪《つめ》を立てて律動に耐え、白い太腿を責める腰に絡ませた。

一際深い場所を抉られて、声にならない声が迸る。

「——……っ！」

白濁が白い腹を汚し、白い喉を仰《の》け反らせる。そこに食らいつくような愛撫を落とされて、痩身がびくびくと痙攣した。

「は……ぁっ、あ……っ」

余韻に跳ねる腰を押さえつけ、アレクシスの情欲が最奥で弾ける。熱い飛沫《ひまつ》に汚される背徳感が、恍惚《こうこつ》となって洵を襲った。

「……っ！　……んんっ」

甘く喉を鳴らす。「洵」と間近に名を呼ばれて、重い瞼を戦慄かせる。

すぐ間近に宝石のように美しい瞳があった。その中心に陶然とした自分が映されている。情欲に烟《けむ》った瞳は隠しようもなく、洵は恥ずかしさに身を捩《よじ》った。

「や……だ」

顔を隠そうとすると、アレクシスに阻まれる。

「いい子だね、こっち向いて」

頤を取られ、顔を上げさせられた。甘ったるい口づけを落とされて、洵は逞しい首に縋る。

たっぷりと口づけて、ようやく冷まされた思考がまた蕩ける。その隙《すき》を見計らったように、アレクシスが繋がりを解いた。

「あ……んっ」

痛みと衝撃に喘ぐ唇には宥めるキス。

痩身を裏返され、腰骨を摑まれる。俯《うつぶ》せられた恰好で、力を失った腕は自身の痩身を支えられず、洵はシーツに突っ伏した。腰だけ高く掲げた恰好で足を開かれて、さきほど注がれた蜜液があふれ、白い内腿を伝い落ちる。

「……っ、や……っ」

その感覚にも喜悦を刺激されて、洵は細腰を揺らす。蕩けきった後孔を長い指に掻きまわされ、嬌声《きょうせい》が漏れた。

「ひ……ぁ、んんっ！」

誘うように腰を揺らしてしまう。

狭間を擦り上げる欲望はすっかり猛々《たけだけ》しさを取り戻して、洵は背を震わせた。

「アレ…ク……」

情欲に濡《ぬ》れた顔で背後をうかがい見る。本人にその自覚がなくとも、男を誘う仕種にほかならない。

「あ……ぁっ、や……っ！」

今度はじわじわと埋め込まれて、か細い嬌声が白い喉を震わせた。

ゆっくりと最奥まで穿たれて、洵の反応を確認するように繫がった場所を揺すられる。

「ひ……んっ」

もはや濡れた喘ぎしか零れない。

情欲に染まった痩身は、差し出される肉欲を貪《むさぼ》って、洵は奔放に声を上げた。濃い情欲を知ったばかりの痩身は、本能のままにそれを甘受して、喜悦に震える。

「あ……ぁっ、い……きもち、い……っ」

本能に駆られるまま、淫らな言葉も口にする。

時間をかけて追い上げられて、洵はそのもどかしさに喘ぎ、啜り泣く。

「や……いや、もっと……」

「もっと？　どうしてほしいのか、言ってごらん？」

意地悪く聞かれて、涙目で必死に懇願した。

「も…っと強く……してっ」

淫らにねだって、満足げに口角を上げたアレクシスに求めるものを与えられ、激しい声を上げた。

「アレ…ク、アレク……っ」

掠れた声で何度も何度も名を呼んだ。唯一縋れる人の名を。

「あ……ぁっ、――……っ！」

何度も何度も追い上げられて、やがて思考が白く霞《かす》む。

「アレク……好き……」

意識が途切れる寸前、吐息が紡いだのは、隠しようもない本心だった。

アレクシスの碧眼が、ゆるり……と見開かれる。

「降参だ」

甘い声が、自嘲気味に呟いた。

——……？

その言葉を不思議に感じるものの、疲れきった肉体に引きずられるように意識が霞んで、言葉を紡ぐことができなかった。

——アレク……？

真夜中の太陽を一緒に見られるのかな……と、考えたところで、洵の意識は途切れた。

アレクシスは、次の機会にはオーロラを見にこようと言った。でもきっとそんな日は訪れない。だから沈まない太陽を見たい。

きっと一生の思い出になる。

口づけも抱擁もきっと一生忘れない。

——それでいいの？

どこかで誰かが尋ねるけれど、いいも悪いも、自分は偽物で男で、どうしようもないじゃないかと、夢のなかで泣きながら訴える自分がいた。

「アレクが好き……」

でも自分は、彼の婚約者として世間に認められるアイラではない。架空の存在を羨ましく想うなんて、しかもその相手が自分だなんて、こんな惨めなことはない。


執務室でキャビネットから持ち出したウォッカをショットグラスで呷《あお》る。

サウナの文化もあって、フィンランド人はビールを好むが、今はアルコール度の高いヴィーナ——フィンランド語で蒸留酒全般を指す——の気分だった。

窓越しに沈まぬ太陽を見上げる。これを楽しみにしていた洵は、疲れきって眠っている。自分が無体を強いたためだ。

控えめなノック音がして、コーヒーの香り。クリスティアンが濃いコーヒーを届けにきたのだ。——が、主の手のなかのショットグラスを目にして、眉間に皺を寄せた。そして、厳しい指摘を寄こす。

「不機嫌な顔ですね」

そういう自分こそ、不服を隠そうともしない表情だ。「ずいぶんとお楽しみのご様子でしたが」などと、嫌みを付け足すことも忘れない。

敏腕秘書が何を言いたいのかはわかっている。洵をどうするつもりなのかと、真意を問いただしているのだ。

「ああいう趣味がおありとは存じませんでした」

そんな言葉を寄こされて、どういう意味かと問う視線を返す。手厳しい秘書は言葉をオブラートに包んでくれたりはしなかった。

「ロリコン」

「……ひどい言われようだな」

日本の成人年齢は二十歳だが、フィンランドは十八歳で選挙権も与えられる。だが、問題はそういうことではない。

何歳だろうとも、世間を知らない純真無垢《むく》な青年に手を出して、どう責任をとるのかとクリスティアンは訊いているのだ。

「後悔されているのですか？」

そんな資格はないだろうと、さらに厳しい言葉。アレクシスは肩を竦めて、「まさか」と返した。それを聞いて、クリスティアンの眉間に皺が消える。

「あなたは、誰にも執着しない人だと思っていました」

結婚などする気はないと公言し、不躾な秋波もさらりとかわす。そのくせ誰にもやさしい笑みで、利用できる者は利用する。一方で去る者は追わない。

ノーブルでやさしげな美貌の下にあるのは、怜悧《れいり》で酷薄な実業家としての素顔。洵のように無垢な青年ならコロリと騙される。

「私もそう思っていたよ」

秘書の指摘に苦笑で返して、さらにもう一杯、ウォッカを呷った。

「計画変更だ」

皆まで語らずとも、主の目的を察したのだろう、クリスティアンが大仰に嘆息した。「本気ですか？」と、薄いグラスの向こうの緑眼が責めている。

自身にそう問いたいのは、ほかの誰でもない自分だった。だが、もはや手放せないと思ってしまったのだからしかたない。

「欲しいと思ったものはかならず手に入れる。これまでも、そうしてきた」

そうして事業を拡大してきた。それだけが唯一の楽しみとまでは言わないが、ビジネス以上に興味をそそられるものもなかったのが実のところだ。

その自分が、この世で一番アテにならないものに翻弄される日が来ようとは。——愛などという、一番儚《はかな》いものだ。だが、抗いがたい、ままならないものでもある。

「その理屈が、今回も通じればいいのですが」

主の胸中の葛藤《かっとう》を読んだかのように、クリスティアンが苦言を寄こす。

「あとのフォローはご自分でなさってください」

泣かれても知りませんよ、と冷たく言い放って、今後の手配のために背を向けた。

「それは困るな」

閉じられたドアに向かって呟く。

洵の涙は見たくない。だが涙に潤む瞳は愛らしい。泣かせたくはないが、泣き顔は可愛らしい。

矛盾思考に自嘲して、アレクシスは明るい夜空を見上げる。

約束どおり、オーロラの見られる季節に、またここに戻ってこよう。そのために、もう何度か洵を泣かせることになるかもしれないが、補ってあまりあるほどにキスをしよう。

怒っても拗ねても、洵ならきっと愛らしい。

そんなことを想う自分に呆れて、アレクシスはさらにショットグラスを呷る。

五十度のウォッカでも酔えない。己の燃費の悪さを、今宵ほど恨めしく感じたことは過去にない。

4

燦々《さんさん》と降り注ぐ太陽光に目覚めを促された。

フィンランドに来て以来、目覚まし時計を使っていない。お陽様に起こされ、星空を見上げて眠りにつく。

だが昨夜は、星空を見た記憶がない。ラップランドでは、今の時季太陽は沈まない。記憶は、明るい青空を見上げたところで途切れている。

「……っ！」

ハッと瞼を上げる。途端に眩しい太陽光を浴びて、ぎゅっと瞼を閉じた。じわじわと痛みが引いて、同時に昨夜の記憶が蘇《よみがえ》ってくる。

――……っ、僕、アレクと……。

考えた途端に心臓が跳ねた。バクンッと破裂しそうな音がして、シーツに埋もれた恰好でぎゅっと四肢を縮こまらせる。すると、あらぬ場所に鈍痛が走って、洵《しゅん》は小さく呻いた。

ますます深くシーツに埋もれて顔が出せなくなる。誰に見られているわけでもないのに。

誰に……。

「アレク……？」

広いイグルー内に自分以外の気配がないことに気づいた。

そっとシーツから顔を出す。ガラス張りのイグルーの天井からは青空が望め、周囲の森の緑も鮮やかだ。

痛む身体を叱咤《しった》して上体を起こす。広いベッドの上に、洵ひとりだった。

ソファセットのローテーブルには、ティーセットと呼び鈴。保温ポットのなかみは、きっとハーブティーだ。

薄い肩からシーツが滑り落ちて、濃い情痕の残る肌が露わになる。明るい陽の下に曝された痩身には、いたるところに赤い鬱血《うっけつ》が散っていた。それに気づいて、カッと頬が熱くなる。

肌はさっぱりと清められていた。アレクシスがしてくれたのだろうか。

ではなぜ姿がないのだろう。

なぜずっと抱きしめていてくれなかったのだろう。

それとも、そう思うことこそが図々しいのだろうか。偽物の自分が、そこまで望んではいけないのだろうか。

真夜中の太陽も見られなかった。

一緒に見たかったのに。

大切な思い出にしたかったのに。

ベッドは清められているけれど、アレクシスの匂いが残っている気がした。そうしたら、起きられなくなって、ぱたり……とベッドに沈む。シーツにくるまって、青い空を見上げた。

涙があふれてきた。

何が哀しいのか、わからないのに哀しかった。

「アレク……アレク……」

遊びでもいいと、思う傍から、やっぱりそんなのは嫌だと思う。でも面倒がられるくらいなら、なんでもない顔でにっこり笑っていたほうがいい。でもやっぱり哀しい。

目覚めたときに抱きしめていてくれたなら、それで納得できたのに。できないけど、納得したのに。

でもアレクシスはいなくて、ひとりぼっち。広いベッドに残されて、わけもなく泣けてきた。

涙が止まらなくて、シーツを頭からかぶる。

何度もキスされた。何度も貫かれて、あられもない声を上げて、感極まってもっととねだるようなことも言った気がする。

なにもかもはじめてだったのに、あんなに乱れてしまって、アレクシスは呆れただろうか。慣れていると勘違いされていたらどうしよう。だから傍にいてくれないのだろうか。淫乱《いんらん》だと思われたのだろうか。

違うのに。

アレクシスだからあんなに感じてしまっただけで、ほかの誰でも絶対に受け入れないのに。

洵が呼び鈴を鳴らすまでは眠りを邪魔しないようにと指示されているのだろう、部屋のドアをノックする者はない。

肌触りのいいリネンの感触に包まれていると、昨夜の疲れもあって、瞼が重くなってくる。

結局、昼ごろまでベッドのなかでうつらうつらを繰り返して、太陽が一段と高い位置に昇ったのを見てようやくベッドを這い出る。そして、バスルームに足を向けた。

ゲストルームを想定しているのかもしれない、このイグルーにはサウナつきのバスルームとミニキッチンがついている。

入り口とは別に、壁にドアがあることから、バスルームかシャワールームはあるだろうと思っていたのだが、その隣にミニキッチンを見つけたときには、長期滞在型のホテルのようだと驚いた。

壁には大きな姿見。でも、自分の姿を映す勇気がなくて、見ないようにして通りすぎる。それでも、自身の肌に濃い情痕が残っているのはわかった。

深めのバスタブにはすでにたっぷりの湯が張られていて、ありがたくあちこち痛む身体を沈める。

そういえば、ワンコたちはどうしているだろうか。もふもふの犬たちと触れ合ったら、少しは気分が癒されるかもしれない。

そうしよう。できれば庭で一緒にランチを食べて、お昼寝をして、そうしてすごしていたら、アレクシスに置いていかれた寂しさもきっと紛れる。

アレクシスが洵をここに連れてきたのは、田舎の別荘まではパパラッチの目も届かないと考えたためだろう。洵の——アイラの存在を世間の目から隔離することで、意図的にまいた噂話を決定的なものにしようとしているのかも知れない。

フィンランドの鉄道網は、ラップランドの南端あたりまでしか届いていない。それ以上北へ向かおうとすれば、車かアレクシスがそうしたように自家用ヘリや、あるいは飛行機以外に手段がなくなる。

つまり、手軽に移動できない、ということだ。

湯の効果でどうにか身体のだるさが引いていく。犬たちと過ごす時間のことを考えたら、元気も出てきた。

ムスタは仔猫の子守で忙しいかもしれないけれど、でもほかの犬たちなら洵の相手をしてくれるかもしれない。仔猫のお昼寝タイムでなければ、一緒に遊べたらきっともっと楽しいに違いない。

気分が浮上したら、現金なことにも空腹を覚えた。つい今さっきまで、何も喉を通らないと思っていたのに。

仔猫を膝に、犬たちを侍《はべ》らせて、庭でランチ。これ以上ない極上の光景を思い浮かべて、気持ちを切り替える。

突然バスルームのドアが開いて、姿を現したのはアレクシスだった。見慣れたスーツ姿だ。大判のバスタオルを手にしている。

ちょうどバスタブから上がろうとしていた洵は、驚いて湯に沈んだ。日本の温泉とは違う。透明な湯では何も隠してはくれないけれど、素肌を曝すよりはずっとましだ。

さきほど直視する勇気が持てなかった情事痕の残る肌を、アレクシスに見られるのが恥ずかしい。鬱血の痕を刻んだのはほかならぬアレクシスなのだけれど、でもだからこそ、恥ずかしくて顔を上げられない。

何も言えないまま湯に顎《あご》まで浸かる洵に、アレクシスが手を伸ばす。濡れ髪を撫でられて、うかがうように顔を上げた。

「顔が真っ赤だぞ」

逆上《のぼ》せているのではないかと気遣われる。顔が赤いのは、湯のせいだけではない。でも、そう答えることもできない。様子を見に来てくれたのだろうか。嬉しいけれど恥ずかしくて、どうしていいかわからない。

すると、アレクシスの手が洵の二の腕を摑んで、半ば強引に痩身を湯から引き上げた。

「……え？　あの……っ」

隠すものもなく、明るい陽のなかに裸体が曝される。すでに昨日、すべて見られているのだけれど、でも……っ。

だが、洵の戸惑いをよそに、アレクシスは手にしていた大判のバスタオルで洵の痩身をくるんでしまう。そうして、額にキスがひとつ。

「あ、あの……っ」

問いかける唇にも、軽く啄むキスを落とされて、洵は真っ赤になって口を噤んだ。

「まだ眠っているかと思ったんだが……、大丈夫か？」

最後は耳朶に囁くように問われる。何を訊かれているのか、すぐにはわからなくて、でも理解した途端に全身が朱に染まった。

「……っ、……はい」

消え入る声で応じて、コクリと頷く。全然大丈夫じゃないけれど、ツライと言うのも恥ずかしい。

アレクシスがちゃんと後始末をしてくれたから今こうしていられるのだけれど、何も知らない洵はそれに思い至れない。だから、恥ずかしがったところで今さらだということも理解できない。

それはある意味、救いなのだけれど、洵にとっては今こうしていることが、ともかく恥ずかしくてたまらない。

「ひとりにしてすまなかった」

そんな言葉ひとつで、気分が浮上する自分が情けない。

「いえ……」

バスタオルにくるまった恰好でまた頷く。やわらかなタオル地ごしに感じるアレクシスの体温が心臓に悪くて戸惑っていたら、「行こう」という言葉とともに、抱き上げられた。

「……え？　わ……っ」

慌てて首に縋ると、碧眼とまともに視線が合う。驚いて顔を伏せたら、アレクシスの肩口に顔を埋めて甘えるような恰好になってしまった。

部屋に戻ると、ソファの上に新しい着替えが届けられている。

バスタオルの下は一糸纏わぬ姿だ。脱ぐのも恥ずかしいが、着るのを見られるのもなんだか恥ずかしい。

下着を手にして固まっていたら、ソファに腰を落としたアレクシスが赤子を抱くように、洵を背中から広い胸に抱き込んだ。アレクシスの膝に座らされた恰好で、足が浮く。

「あ、アレク？」

洵が手にしていた下着を取り上げられ、白い爪先に通された。穿《は》かせようとしているのだ。

「や、やだ……っ」

ある意味、脱がされるより恥ずかしいかもしれない。真っ赤になって抵抗を試みるものの、あっさりとかわされてしまう。

「いい子にして」

耳朶に甘ったるく囁かれて、抵抗の気力も削《そ》がれてしまう。

「で、でも……っ」

すると今度は、朱に染まる首筋を唇になぞられて、掠れた声を零してしまった。

「まだ、敏感なままだね」

耳朶を擽る甘い声。ツンと尖ったままの胸の尖りを軽くなぞられて、腰が跳ねる。

昨夜の名残を指摘されて、大きな瞳に涙が滲んだ。哀しいのでも怖いのでもない。ただただ恥ずかしいのだ。

そうして洵の抵抗を奪っておいて、アレクシスは用意した洋服を手際よく痩身に着せていった。

天然繊維を主としたシンプルカジュアルな品だが、特別に用意されたものであることがわかる着心地のよさ。ゆったりめのつくりで、昨夜の名残で身体がだるい洵には、ありがたかった。もしかしたら意図的に楽なサイズのものを用意してくれたのかもしれない。

着替えだけでぐったりしてしまって、もはや抗う気力もないままに、アレクシスの膝の上で広い胸に痩身をあずける。

またも抱き上げられて、今度はどこへ連れていかれるのかと思ったら、ハーブガーデンに囲まれた中庭だった。

ガーデンテーブルを囲むように軀を横たえていた犬たちが一斉に顔を向け、洵を抱いたアレクシスに気づいて主を出迎えるかのようにしゃんっとお座りをする。

まさしく、たっぷりの湯に浸かりながら考えていた光景で、洵は大きな瞳を瞬く。まさか心の声が聞こえていたなんてことは……。

やわらかそうなクッションをいくつも重ねた椅子にそっと下ろされて、だるい身体をあずける。すると、ムスタが寄ってきて足元にお座りをし、洵を気遣うように「クゥン」と鳴いた。

すると、木陰でじゃれていた仔猫たちがとととっと追いかけてきて、ムスタの尻尾《しっぽ》にじゃれつきはじめる。ムスタは背後をうかがって確認するだけで、仔猫をいなすでもなく、好きにさせている。そのまま洵の足元に軀を伏せてしまった。仔猫たちはムスタの上に飛び乗ったり耳に猫パンチを食らわしたりと自由奔放に遊んでいる。

テーブルの上には、ブランチの準備が整っていた。

ガラス製のティーポットにはハーブティー、美しくナイフの入れられたカットフルーツと焼きたてのパン、数種類のベリーがミックスされたジャム、グリーンサラダとボイルソーセージの添えられたプレーンオムレツ。

「食べられるものだけ食べればいい」と気遣われたものの、ムスタと仔猫たちの姿を目にしたら気持ちも和らいで、食欲も出てきた。

いろいろと訊きたいことも言いたいこともあるものの、アレクシスの顔を見たら言葉が出てこなくて、諦《あきら》めて食事に集中することにする。腹が膨れればもう少し頭の回転もよくなるかもしれない。

ハーブティーで喉を潤して、瑞々《みずみず》しいフルーツをひとくち。そうしてようやく、喉が渇いていたのだと気づかされる。刺激を与えられれば、若い洵の胃袋は元気に活動をはじめて、アレクシスの心配をよそに、テーブルに並んだ料理のほとんどを平らげてしまった。

けれど、お腹が膨れたら、思考回路がまわりはじめるどころか、またも睡魔が襲いはじめて、洵は足にじゃれついてきた仔猫を抱き上げ、クッションに背をあずける。仔猫たちも遊び疲れたのか、洵の膝の上で三兄弟重なり合ってウトウトしはじめた。

その様子を見たムスタが軀を起こして、洵の手のなかの仔猫を大きな舌でペロリ。あやしているつもりらしい。仔猫たちも母猫に舐められているかのようにおとなしくしている。

そうこうしている間にテーブルが片づけられて、今度は紅茶が用意される。届けてくれたのはクリスティアンだった。もちろん、アレクシスの前には淹れたてのコーヒー。

クリスティアンは、昨夜アレクシスと洵の間にあったことを知っているのだろうか。洵を部屋に運んだきりアレクシスが出てこなければ、だいたいの察しはつくだろうが……。そう思ったら、恥ずかしくてクリスティアンの顔も見られない。

「どうぞこちらを」

そう言って、洵の前にタブレット端末を三台並べる。

何かと思って首を傾げていると、ディスプレイを操作して、それぞれ違う画像や動画を表示しはじめた。

それをしばし眺めて、意図は理解しかねるものの、何を見せられているのかは理解して、洵は瞳を見開いた。仔猫を撫でていた手が強張って、動かなくなる。

「これ……」

ひとつには、ドレスのデザイン画と思しきものが、スライドショーで順次表示されている。もう一台のディスプレイには華やかなスーツの同じくデザイン画、最後の一台は北欧の大自然をバックに航行するクルーズ船が映されていた。宣伝用のプロモーション映像のようだ。

「ウェディング…ドレス……？」

いくつかのデザインを目にして、ただのドレスではないと気づいた。

また、洵に偽物を演じさせようというのか？　今度はウェディングドレス？　洒落《しゃれ》にならない。

「デザイナーから上がってきたばかりのデザイン画です」

いかがですか？　と訊かれても、答えようがないではないか。

「気に入らなければ直させる。どんな我が儘《まま》を言ってもいい」

アレクシスの言葉に、洵は返す言葉も探せず、ただ呆然と瞳を揺らす。その視線を、アレクシスに向けることもできない。逃げるように仔猫の寝顔を眺めるばかりだ。

足元のムスタが、洵の様子がおかしいことに気づいた様子で軀を起こす。そして、今度は仔猫の頭ではなく、洵の手をペロリと舐めた。

そんなことをされたら、瞼の奥が熱くなってきて、洵は困り果てる。でもこの場で、泣いて文句を訴える勇気もない。

でも、もはや耐え難かった。

アレクシスの顔を見ているのがつらい。

「僕、お庭を見せていただいてもいいですか？」

震える声で希望を告げた。ひとりになりたかった。

「構わないが……」

大丈夫なのかとアレクシスが洵の身体を気遣う。だったら気まぐれに抱いたりなどしなければよかったのだ。それとも、偽りの婚約者を引き受けたときに、こういう相手をすることまで含まれていたとでも？

少なくとも、洵にそのつもりはなかった。ただ、助けてもらったお礼がしたかっただけだ。

仔猫たちをそっと下ろし、腰を上げると、アレクシスが手を差し伸べてくれる。案内しようとしてくれるのを、「いりません」と強い口調で断った。

「洵？」

怪訝そうな顔をされて、「ひとりで平気です」と返す。

「だが……」

「ひとりにさせてください」

怒ったように言って、背を向ける。ハーブガーデンには、散策路が設けられていて、その向こうには深い森。

「洵？」

呼ばれても振り返らないでいたら、しょうがないと思ったのか、追いかけてくる靴音はなかった。

そのかわりに、石畳を踏む爪音――ムスタだ。ムスタがついてきたから、アレクシスは洵の好きにさせてくれたのかもしれない。

「ついてこなくていいよ」

主の元に帰るように言っても、ムスタは聞き入れない。仔猫たちが待っているだろうに。

「クゥン」

洵の前に回り込んできて、心配気に見上げる。気遣わし気な瞳を見つめていたら、どうしようもなく泣けてきた。

戻って、もう偽物役はできないと言おう。

そして、日本に帰ろう。

アレクシスのためならなんでもしたかったけれど、でももうこれ以上は無理だ。そう思うのに、足が動かない。来た道を戻れない。

ひとしきりムスタの毛並みを撫でて、洵は涙を拭った。そして、ハーブガーデンを抜けてさらに奥へとつづく散策路に足を向ける。

敷地自体は広大なのだろうが、目印なのか何かの境目なのか、木製の塀が見えてきた。可愛らしくペンキの塗られた、外国の田舎の風景のなかによく登場するものだ。蔓薔薇《つるばら》が咲き誇ってでもいれば、イギリスの田園風景と言っても通るかもしれない。

その塀に沿って歩いていたら、今度は扉が現れた。まさか外に通じているわけでもないだろうと思ったのだが、高い塀の向こうに緑の丘陵が見え、その向こうに田舎道が走っているのが見えて、どうやら敷地の端のあたりらしいと察する。

季節柄、ラップランドにドライヴや旅行に訪れる人も多いのだろうか、頻繁にではないが、車の通りもある様子だった。

その景色を眺めていたら、無性に逃げたい気持ちに駆られて、洵は扉に手をかける。ムスタがいけないと言うように軽く吠《ほ》えるものの、洵は内側からかけられていた閂《かんぬき》を引いて、高い塀に取りつけられた木製の扉を押した。

丘を下っていく洵を、ムスタが追いかけてくる。傍らにピタリと寄りそって、歩調を合わせる。その忠義な様子に胸が痛むものの、足は止まらなかった。

田舎道まで出てみると、道路は意外と広かった。車線は引かれていないものの、日本なら三車線分くらいはありそうだ。大型車も充分にすれ違える。

どこへ行こうというわけでもなかった。

とにかく、逃げたい気持ちでいっぱいだった。

「わふっ」

ムスタが、戻ろうと訴えている。本当は違うのかもしれないけれど、洵にはそう聞こえた。戻りたいと自分が思っているのではないかと胸中で自嘲しながら、でも足は反対に向く。

たまに車の走る道路を、別荘とは逆方向へとぼとぼと歩いた。ムスタは黙ってついてくる。

この道がヘルシンキまでつづいていたらいいのに……なんて考えながら、黙々と歩いた。

身ひとつでラップランドの別荘に連れてこられてしまったから、たとえヘルシンキに辿り着いたところで帰国はできないのだけれど、そんなことにまで考えが及ばない。

陽はまだ高く、夏の間太陽が沈むことはないものの、夜になれば冷えてくる。このまま歩きつづけることなどできるわけがないこともわかっている。

川にかかる橋に辿り着いて、洵は足を止めた。欄干に腰かけて、透明度の高い流れを見下ろす。それほど広い川ではない。深さも大人の膝か、一番深い場所でも腰くらいまでしかないだろう。子どもたちが水遊びをしても危険は少ないだろう、長閑《のどか》な流れだ。

ムスタは洵の足元に寄りそうようにお座りをして、じっと洵を見上げている。帰ろうと催促されている気がして、つぶらな瞳を見返せない。

するると、遠くからエンジン音。何も遮るもののない通りの向こうから、丘陵の合間を縫うようにして車が走ってきた。

少し手前でスピードが落とされ、ステアリングを握る人物の顔が視認できる距離まで来たところですぐに察した。慌てて腰を上げる。ムスタが追いかけてきて、洵のいく手を遮るように前を塞いだ。

「ムスタ、どいて！」

「わふっ」

狼犬の大きな体軀に邪魔されている間に、橋の手前に車が停まって、ドライバーズシートから長身が降り立つ。大股に洵を追いかけてきて、二の腕を摑んだ。

「洵」

甘い声が、洵の行為を咎めている。

ムスタがお座りをして、ふさふさの尾を振った。

「どうして……」

どうして別荘の敷地を出たことがわかったのか。どうして追いかけてきたのか。どうしてこんなに簡単に捕まってしまうのか。

こうまでして自分に偽物を演じさせたいとでもいうのだろうか。どうせ偽物なら、ほかの誰かでもいいだろうに。

「ムスタの首輪にはGPSがついている」

「……っ、そんな……」

そうだったのか。だったら、ヒッチハイクでもしてムスタを置いてけぼりにでもしない限りは、逃げることはかなわなかったわけだ。

「戻ろう」

いったいどこへいくつもりだったのかと、呆れの滲む声音で諭される。

どこへなんて考えていなかった。ただ、アレクシスの傍にいるのがつらかっただけだ。

「僕、日本に帰ります。……帰してください」

アレクシスの顔も見ずに訴える。

「洵？」

どうしたのかと、怪訝そうな声が名を紡いだ。

その、まるでわかっていない声が、洵の内に溜まりに溜まったものを、急速に押し上げる。

洵は、我慢していたあれこれを、とうとう吐き出した。

「磨生《まお》ちゃんのことも、もういいです。いろいろよくしていただいたのに勝手を言ってすみません。偽の許嫁役はどなたかもっと適任な方を探してください。僕にはもう無理です。日本に帰ります！」

ただ穏やかな風が吹き抜けるばかりの青い空に、洵の声が吸い込まれる。あまりにも遮るもののない土地で、声は響きようがなかった。

「もう、無理なんです！」

摑まれた二の腕を振りほどこうともがく。でも許されない。それどころか、両腕を摑まれて、正面からアレクシスの胸に捕らわれた。

「どういうことだ？」

落とされた声の低さに驚いて、弾かれたように顔を上げる。眇められた碧眼に射ぬかれて、身動きがかなわなくなった。

どうして自分が責められなくてはならないのだろう。振り回すのもひどいことをするのもアレクシスなのに。

どうして、いつの間に、自分はアレクシスに惹《ひ》かれていたのだろう。ハンサムなお金持ちだから？　違う。自分はそんなに現金な性分ではない。では、寂しかったから。ちょっとやさしくされたから？　それは、違うと言いきれないかもしれない。

ずっと母子家庭で育った。母とふたりの生活だった。その母が、洵が大学に入学したのを機に再婚を決めた。一緒に暮らそうと言われたけれど、洵はひとり暮らしを選択した。邪魔になりたくないからと笑って言いながらその実、本当は強引なくらいに引き止めてほしかった。でも母も義父も、そういうことなら……と、あっさりと洵のひとり暮らしを受け入れた。洵のほうから別居を言い出したことで、もしかしたらふたりともホッとしたのではないか。そんなことを考えてしまった自分に自己嫌悪した記憶は、まだそれほど遠いものではない。

だから、異国の地でひとりで奮闘している磨生に憧れた。フィンランドに行ってみたいと思うようになった。その磨生と会えずに途方に暮れたヘルシンキで、アレクシスにやさしくしてもらって嬉しかった。だからこそ、偽物であることを受け入れられなくなってしまった。偽物役だというのに抱かれて、それ以上を期待してしまいそうになって、面倒な顔をされたらどうしようと怯えて、だからもう、無理なのだ。

今ならまだ、楽しい思い出だけを抱えて帰国できる。失恋の痛手はあっても、それはいずれ切ない思い出に変わるだろう。せめてツライ思い出にはしたくない。哀しい思い出になるのは嫌だ。

「ダメだ。日本には帰さない」

きつい抱擁が襲って、洵は驚いて広い胸を押し返そうとした。けれど、力でかなうわけがない。

洵はとうとうブチ切れた。

「偽物なら、僕じゃなくたっていいじゃないですかっ！」

怒鳴って、広い胸を叩く。

「もう偽物はできません！　あんなこと……っ」

キスもセックスも、アレクシスが好きだから受け入れたのだ。

「気まぐれにあんなことして……ひどい！」

アレクシスの不誠実を詰ると、美しい碧眼が眇められる。「気まぐれ？」と、問うような責めるような声が紡ぐ。

「洵は、そんなつもりで私に抱かれたのか？」

「……え？」

どんなつもりなのかと問いたいのはこちらのほうだというのに、そんなふうに訊かれて、洵は戸惑った瞳を上げた。

視界が陰る。唇に熱が触れる。

「……んんっ！」

細腰を抱き込まれ、後頭部を支えられて、深く合わせる口づけ。

「や……だっ」

逃げを打っても追いかけてきた唇にまた塞がれて、苦しげに喉を鳴らした。だが肩を押し返そうとしていたはずの手が切なげにスーツの生地に皺を寄せはじめるのに、さほどの時間は要さなかった。

「嫌？　こんな反応をして？」

濡れた唇を啄まれ、身体が昂《たかぶ》っていることを教えられる。昨夜の今日で、洵の肉体は敏感になったままだ。

「……っ、ひど……」

大きな瞳に涙を滲ませると、その瞼にもキスが落ちてきた。

「こんなこと、しないで……」

いやだとゆるく頭を振って逃げる。

「なぜ？」

間近に甘い声が落とされた。吐息が、またも唇に触れる。唇を合わせるような恰好で問いただされているのだ。

「だ…って、誤解…するっ」

だから、こういうことはやめてほしいと訴えるのに、アレクシスの拘束はゆるまない。唇を啄むキスもやまない。

「誤解？　どんな？」

さらに問われて、どうしてこんな哀しいことを自分で説明しなくてはいけないのかと、また大きな瞳に涙を滲ませた。

「僕……偽物なのに……アレクが、好き……」

だから、もう偽物役をするのがつらいのだと訴える。

「偽物のこと、誰にも喋りません。だから、日本に帰して……」

必死に訴えたのに、冷たく即答される。

「ダメだ」

ボロボロと、あふれた涙が白い頬を零れ落ちた。もはや涙を我慢することもできない。

「どうして……っ」

えぐえぐと泣きながら、アレクシスの胸を叩く。その手をやさしくとられ、濡れる頬をキスが辿る。瞼を上げるように促されて、雫《しずく》を溜めた重い睫毛を瞬くと、すぐ間近に宝石のような碧眼があった。

「きみを愛しているから」

さらりと告げられた言葉は、あまりにも予想外すぎて、最初は鼓膜にひっかからなかった。とおりすぎたあと、しばらくして戻ってくる。

「……へ？」

あまりの驚きに、涙も止まった。

大きな瞳をきょとり…と見開き、何度も瞬いて、洵はアレクシスを見上げる。

「きみは、私のパートナーとして結婚式を挙げる。嫌だとは言わせない」

あまりの衝撃に、思考が完全に停滞した。

「……ドレス着て？」

動揺のあまり、肝心要《かなめ》とはずれたことを聞いてしまう。

「タキシードでもいい。洵のいいほうで」

だから、デザイン画には両方あっただろう？　と言われて、洵はゆるり……と瞳を見開いた。

さきほど見せられたデザイン画の意味を、ようやく察する。

「気まぐれに手を出したわけではない。きみの一生に責任を負うつもりで抱いた」

「……っ、うそ……」

そんなことひと言も……と、ついうらみがましく呟いてしまって、苦い苦笑で返される。

「悪かった。申し訳なかった。何度でも謝る」

言いながら、また唇を啄まれる。

「年甲斐もなく夢中になってしまった」

余裕を失くしていたのだと告白されて、洵は驚いて瞳を瞬いた。アレクシスのようなひとが？　そんなことありえるのか？

「洵がいけない。あんな顔で誘うから」

「……っ、さ、誘……っ？」

目を白黒させると、愉快そうに口角を上げて見せる。揶揄われたのかと思って唇を尖らせると、「無自覚なのは一番性質《たち》が悪い」と、またもキス。

さきほどからまったく車が通らないからいいものの、真っ青な空の下、古びた石橋のたもとで抱き合って、口づけを交わしているのだ。こんな場面を誰かに見られたりしたら、洵が女装

してまで偽物の許嫁をでっち上げた意味がなくなるではないか。

「嘘からはじまる真実もある」

「……アレク？」

「洵に偽物の許嫁役を頼んだときには、本当に嘘のつもりだった」

その予定が狂ってしまったのは、洵が純真すぎる可愛らしい反応ばかりするせいだと、甘く詰られる。

「私を本気にさせたのは、きみがはじめてだ」

「アレク……」

恋愛に興味などなかった。結婚に理想など持ちようもなかった。だからこそ、洵に偽物役を頼んだ。面倒だったのだ。事業のためと割り切ってメリットのある相手と結婚することすら面倒でたまらなかった。その面倒を避けるために洵を偽物に仕立て上げた。だというのに、一番面倒な事態を招いてしまった。

そんな告白を、洵はアレクシスの腕に抱かれた恰好で呆然と聞く。

「ドレスもリングも誠意の証明にならないのなら、あとは式を挙げてしまうよりほかないだろう」

だから、その準備をはじめていたのだと言われて、洵は目を瞠る。洵を抱いた翌朝早々に、責任をとるための算段をはじめていたというのか？　そのために、洵は広いベッドにひとり残されていたのか？

喜んでいいのか怒っていいのか泣いていいのか、はたまた拗ねて見せるのがいいのか。わけがわからなくなる。洵が眉間に皺を寄せると、アレクシスは「心配ない」とさらに頓珍漢なことを言い出した。

「フィンランドにはパートナーシップ法がある。同性婚に準じる権利が保障される法律だ」

すべてが完璧な紳士の発するズレまくった求愛の言葉が、洵の胸にじわじわとすべてが真実であることを伝えはじめる。

「でも、僕ドレスでパーティーに……」

せっかく女性だと思わせたのに、同性と結婚したというのでは外聞が悪いのではないか？と不安を訴える。

「私はどちらでもかまわない。洵が公にしたくないというのなら、一生の嘘を貫こう。だが、真実を公表していいのなら、私は構わない」

洵はただただ啞然とその言葉を聞いた。

「Minä rakastan sinua《I love you》 Mennään naimisiin《Marry me?》」

フィンランド語での求愛。そしてプロポーズ。

「……はい」

気づけば、頷いていた。

直後、ふわり……と身体が浮く。アレクシスが洵の腰を抱き上げたのだ。足が浮いて、驚いて首に縋る。アレクシスの碧眼を見下ろす視線が新鮮だった。

「アレク……っ」

明るい陽射しの下で、またもキス。今度はたっぷりと口腔を貪られ、洵も懸命にそれに応えた。

いいかげん付き合いきれなくなったのか、いかな忠犬といえども我慢の限界はくるらしい、ムスタが足元で「わふっ」と鳴く。早く帰ろうと催促するかのように。

それが聞こえないわけではないけれど、ふたりは飽きるまで何度も何度も口づけた。

「真夜中の太陽、一緒に見たかった」

一緒に見られると思ったのに、そんな余裕もないままに一夜をすごしてしまった。しかも目覚めたらアレクシスの姿は隣になくて、だから哀しかったのだと訴える。

「今夜こそ、一緒に見よう」

今度はずっと抱きしめていようと、甘い応え。そして冬になったら、あのイグルーで一緒にオーロラを見上げて、ムスタの引く犬ぞりにも乗るのだ。

「だがその前に、大切な仕事がある」

「……？」

「ドレスとタキシードを選んで、ウェディングはバルト海クルーズだ」

所有のクルーズ船で式を挙げて、そのまま豪華客船でハネムーンはバルト海クルーズだと言われる。三台目のタブレット端末に表示されていた映像は、ハネムーンの提案用のものだったのだ。

洵は驚きに目を白黒させながら、「でも……」と返した。

「船は嫌い？」

どこか行きたいところがあるのなら、洵の希望で構わないと言われて、そうではないと首を横に振る。

「ヤコブさんとハンナに、花嫁修業のつづきをお願いしないと」

とてもではないけれど、アレクシスのパートナーとして公式の場には出られないと返す。アレクシスは少し驚いた顔で碧眼を瞠って、それから嬉しそうに青い瞳を細めた。

「ヤコブはともかく、ハンナは厳しいぞ」

「平気です。がんばります」

表向きアイラという架空の存在をつくり上げるのだ。アレクシスは姶良《あいら》洵として公表して構わないと言うけれど、洵はアイラになりきることに決めた。その嘘がどこまで通じるものか、その先はアレクシスとクリスティアンの腕の見せどころだ。

「そのクリスティアンが、準備が進まないと苛々《いらいら》しながら待っている」

苦笑ぎみに言って、アレクシスが洵を車へと促す。ムスタが後部シートにおとなしく乗りこんで、シートの間から鼻先を突きだした。そして、洵の頬をペロリと舐める。

くすぐったさに首を竦めて笑うと、まるで忠犬に対抗するかのように、ドライバーズシートから手が伸ばされた。頤を取られて、甘ったるいリップ音。

「花嫁修業はあとでいい。先に式を挙げよう」

洵のすべてを自分のものにしなくては気がおさまらないと、アレクシスがノーブルな外見に似合わぬ独占欲を露わにする。

思いがけない強さを滲ませる碧眼に捉われて、洵はうっかりと頷いてしまった。

よもや、その夜のうちに件《くだん》のクルーズ船に乗せられるとは、思いもしなかった。イグルーを備えたスイートルームのベッドルームでたっぷりと愛されて、約束どおりアレクシスの腕枕《うでまくら》で沈まぬ太陽を見上げた。

ふたりが愛をたしかめ合っている間に、着々とウェディングパーティの準備が進められているなんて、考えも及ばないままに、何度も何度も抱き合った。

洵が、今回の事の顚末《てんまつ》の肝心要を思い出したのは、いったいどんな超特急で仕立てさせたというのか、トルソーに着せられた特注のウェディングドレスを前にしてからのこと。

クリスティアンにひっ立てられるようにしてやってきたのは、メール一本どころかＳＮＳのメッセージにレスすらくれないまま姿をくらましていた、従兄の磨生だった。

「磨生ちゃん……？」

「洵？」

洵も驚いたが、磨生も驚いた顔で大きな目を瞠る。

「どうしたんだ？　こんなところで？」

まるで悪びれない顔で返されて、洵は「約束！」と声を荒らげた。

「どこ行ってたの？　到着する日、連絡してあったのに……！」

連絡もなく姿をくらましてしまうなんてひどいではないかと訴える。磨生は気まずげに瞳を揺らしたあと、「ケータイ、水没させちゃって……」と首を竦めた。

「磨生ちゃん!?」

もっとちゃんと説明して！　と洵が詰め寄ると、磨生は「それはその……」と言葉を濁す。

すべてを暴露したのは、ほかでもないクリスティアンだった。

「よもや、妻子のある男性を追いかけていって、あっさり振られた帰りに湖に落ちましたとは言えませんよね」

クリスティアンが湖水地方の安ホテルに滞在していた磨生を見つけてくれたのだという。

「い、言わないって約束……っ」

真っ赤になる磨生に冷たい一瞥《いちべつ》を投げて、クリスティアンは厳しい言葉を向けた。

「洵さんの不安を慮れないようでは、事業など成功させられるわけがありません」

そうして、磨生のカフェの抱えた負債や問題点を指摘する。

「それ……は……」

ちゃんと謝りなさいとクリスティアンに叱《しか》られて、磨生はしゅうんっと肩を落とした。こういうところが、年上なのに磨生の可愛いところだ。

「ごめんね、洵。今度こそ運命の人に出会えた！　って思っちゃったんだ」

もともとそう言って、何年か前に磨生はフィンランドにやってきていた。あのときに運命の相手だと言っていた人とも、付き合う以前に振られていたはずだ。

やっぱりそうか……と、洵はヘルシンキに着いたときから考えていた可能性が正しかったことを確認した。洵が過去に何度かまきこまれた騒動も、似たようなものだったのだ。

洵の母とは対照的に、仕事に生きる母を見て育った磨生は、愛を得ることこそが幸せになれる唯一の方法だと考えている節がある。幼いころに自分の性癖を自覚したことも、その考え方に拍車をかけているのかもしれない。

そのくせ、いつも好きになる相手はノーマル嗜好で、告白に辿り着けた場合でも「女の子だったらね」と言われて終わるのだ。

磨生の容姿が、そこらの女性と比べても可愛らしいことが、よりそういう反応をとられやすいのかもしれない。

「すごく心配したんだよ!!　……でも、よかった。事故とか病気じゃなくて」

洵の一番の心配はそこだった。どこか知らない土地で事故にでも遭って入院していたりするのではないかと心配だったのだ。

「ありがとう。洵はいつもやさしいね」

磨生がぎゅっと抱きついてくる。

「洵を好きになれたらよかったなぁ……」

磨生が涙ぐむ。

「磨生ちゃんにも、きっと運命の人が現れるよ」

ニッコリと返すと、首を傾げられた。

「洵?」

そして、ゆるり……と大きな瞳を見開く。それこそ零れ落ちそうなほどに。

「まさか……」

左右――クリスティアンとアレクシスを交互に見やって、最後にアレクシスに視線を留めた。

それから眉間に皺を寄せて、「洵を泣かせたら承知しないから」と睨《にら》む。

すると横からクリスティアンの手に襟首を引っ張られて、「誰のおかげで店を手放さずに済んだと思っているのです?」と凄《すご》まれた。

「僕がお願いして……」

アレクシスに助けてもらったのだと洵が説明する間もなく、クリスティアンがまたも厳しい言葉を向けた。磨生を甘やかすとろくなことがないと、短い間に結論を出したらしい。

「勘違いしないでください。借金の相手が変わっただけです。厳しく取り立てさせていただきますので」

あまりに無情な言い草に、磨生が「えぇ!?」と声を上げる。

「経営者としての自覚も足りないようですから、いい機会です、私が一から仕込んでさしあげましょう」

「……」

磨生の頬を、たらり……と冷や汗が伝った。救いを求める視線を向けられても、洵にはどうしようもない。

何より、クリスがクリスティアンにそれを許すのなら、洵に何が言えるわけもない。アレクシスがクリスティアンから直接経営について学べるなんて、これ以上の贅沢はないだろう。

お金を払ってでも学びたいという人は多いはずだ。

「ですが、その前に、船上ウェディングです。あなたにも、その軽い口を閉じていていただかなくてはなりません」

「か、軽くなんて……っ!」

「黙っていられますか?」

洵とアレクシスの秘密に口を閉ざしていられるかとクリスティアンが問う。ほかのことならともかく、洵の幸せがかかっているのだとしたら話は別だと磨生が珍しく真剣な顔で言葉を返した。

「見くびるな！　洵は大切な弟みたいな存在なんだから！　洵のためならなんだってするよ！」

兄弟のように育った従兄弟《いとこ》同士なのだ。その絆《きずな》を浅く見てほしくはないと磨生が食ってかかる。クリスティアンがようやく満足げに口角を上げた。

「……っ！　試したのか……!?」

磨生が大きな目を瞠る。

「外見に似合わず気が強いようですね。鍛え甲斐もあるというものです」

グラスの奥の緑眼に見据えられて、磨生がビクリ……と薄い肩を揺らした。そんふたりのやりとりを見ていた洵は、肩を抱くアレクシスの耳元に唇を寄せて、そっと囁く。

「なんか、いいコンビかも」

アレクシスは口角に微苦笑を刻んで、「クリスティアンが妙に楽しそうだ」と声を潜めて返してきた。

エピローグ

バルト海を航行する大型豪華客船でのクルーズは、毎回チケットがソールドアウトになるほどの人気だ。そのクルーズ船を、オーナーといえども貸し切りにするのは容易なことではない。

だが、アイラの素性がばれないようにするために、ウェディングパーティ参列者以外の客を乗せずに出航し、希望者はそのままクルーズに参加する恰好で、主賓はハネムーンに出るという企画。

洵《しゅん》の身の回りの世話をするために、ヤコブもハンナも乗りこんで、船上のウェディングパーティは華々しく行われた。

参列者は、急な招待にも応じた者のみ。それも、アレクシスの計算だった。それでもヴィルマン家との繋がりを考えれば参加せざるをえないと思えば参列するだろうし、あまりにも急で都合がつかない人間も多いだろうから、参加者を制限することもできる。

だが、この点においてのみ、アレクシスの思惑ははずれた。それほどにアレクシス・エーヴエルト・ヴィルマンという実業家が、世界経済において重要であることの証明でもある。何をおいても参加しようと考えた人間のほうが多かったのだ。結果として、参列者数はアレクシスの予想よりもずっと多かった。だがこれは、クリスティアンの計算とは合致していたらしい。敏腕秘書のほうが、主の能力を正しく評価していたことになる。

短い時間でこれだけの手配をするとなったら、はじめての夜をすごした翌朝にひとりでベッドに残されてもさもありなんと、洵は今さらながらに納得した。


立派なステンドグラスを有するチャペルは、とても豪華客船内につくられたものとは思えない広さと荘厳さで、船内のボールルームで人前式の挙式を行うものと思っていた洵は、教会に案内されて驚いた。

前列に、数名の参列者がいるだけの教会。アレクシスに本当に近しい親族だけが招かれている。花嫁の側には、クリスティアンのみたてたスーツを纏った磨生《まお》の姿。式がはじまる前から涙ぐんでいる。

ウエディングドレスを纏った架空の女性に父親はない。だが、洵が洵としてこの場に立ったとしても、父の存在はとうに亡《な》い。

ヴァージンロードを、実父のかわりにエスコートしてくれたのは、老執事のヤコブだった。

神父の立つ祭壇の前で、タキシードを身に纏ったアレクシスが待っている。いつものスーツ姿でも充分に貴族なのに、そんな恰好をすると、本当に御伽噺《おとぎばなし》のなかの王子様のようだ。

式はフィンランド語で進められ、洵には聞き取れない箇所も多かったけれど、でも誓いの言葉にはハッキリとフィンランド語で「Tahdon《はい、誓います》」と応えた。

英語の「I do」で構わないと言われていたのだけれど、でもどうしてもフィンランドの言葉で返したかったのだ。

指輪の交換では手が震えて指先が冷たくなってしまった洵を、アレクシスがやさしく励ましてくれた。

ステンドグラスの壮麗な光のなか交わす誓いのキス。偽りだらけのウェディングでも、交わす誓いに嘘偽りはない。口づけも、吐息の隙間に「愛している」と囁く甘い声も、すべてが真実だ。

教会の扉が開かれ、パーティ参列者の歓声に出迎えられる。

ブーケトスは、狙ったつもりはなかったのだけれど、偶然にも磨生の頭上に落ちて、呆然と受けとめ損ねた磨生にかわってそれを床から拾い上げ、磨生の手に持たせたのはクリスティアンだった。

ウェディングパーティをはじめ公の場で、洵は常にアイラとして振る舞った。ハンナの完璧なメイクのおかげもあって、男爵のパーティに参列したとき同様、誰ひとりとして洵が男であることを疑う様子はなかった。

それに、誰より一番驚き呆れていたのは磨生で、「セレブの目って節穴なの？」などと発言して、クリスティアンにお小言を食らっていた。

パーティは三日三晩、盛大に行われた。主賓の存在などなくても、豪華クルーズ船には、旅人を飽きさせない工夫がいくらでもある。参加者たちは、おのおののクルーズ船でのパーティとその後のツアーを楽しんだ。

ウェディングパーティが一段落ついたあと、クルーズに同行させられた磨生は、そのままクリスティアンの教授をうけることになり、クルーズから戻ったらすぐにヘルシンキのカフェを再開させられるように、厳しく手ほどきをうける予定だ。

そして洵は、パーティ後はメイクをとり、ドレスを脱いで、邪魔者の入らない広いスイートルームで、豪華な船旅を堪能することになった。


イグルーの天井からは、北極圏の空を横断する、沈まぬ太陽が眺められる。ドーム天井の下には広いベッドがあって、しかもドームのガラスはマジックミラーだから、外から見られる心配はない。

窮屈なドレスを乱され、呼吸がかなうようになったのはありがたかったが、ドレスの裾を捲《めく》られ、不埒な手をしのばされたときには、恥ずかしくて泣きそうになった。

だが、そのドレスも今はベッドの下、洵は一糸纏わぬ姿で、同じく素肌を曝したアレクシスに組み敷かれ、真夜中の太陽を見上げている。

「あ……ぁあっ、や……ぁあっ！」

激しく突き上げられて、視界がガクガクと揺れる。穿つ動きに合わせて、白い喉から嬌声が迸《ほとばし》る。

「は……ぁ、あんっ、ダ…メ、だめ……いっちゃ……っ」

何度も啼かされて、何度も恥ずかしい言葉を言われて、そして何度も「愛している」と口づけられた。

「アレク……大好き……っ」

広い背にひしっと縋って爪を立て、嬌声を迸らせる。歓喜の声を上げて、絶頂に痩身を痙攣させ、情欲の涙に白い頬を濡らした。

「も……だめ、むり……」

「まだ、足りないよ」

何度も貫かれた場所を長い指に探られて、甘く喉を鳴らす。

「あ……んんっ」

白い喉を食《は》まれ、甘い声が零れる。

「太陽……」

一緒に見るって約束したのに……と訴えると、こうして一緒にガラス張りのイグルーで見上げているではないかと返される。

実際には見上げていない。アレクシスは洵を組み敷いて、空に背を向けているのだから。

「じゃあ、こうしようか」

意地悪い笑みが端整な口許に刻まれた……と思った次の瞬間には、視界が逆転していた。

「ひ……っ、あぁ……んっ！」

身体を繋げた状態のまま、体勢を入れ替えられたのだ。アレクシスの腰を跨《また》ぐ恰好を強いられて、洵は細い背を震わせる。

「ああ、たしかに素晴らしい光景だ」

感じ入る洵の表情が、沈まぬ太陽に照らされている。その情景に目を細めて、アレクシスは細腰を摑んだ。

「違……っ、意地悪……っ」

洵が訴えたのはそういうことではないと、言わずともアレクシスにはわかっているはずなのに。恨めしげな視線を落とすと、満足げな笑みで返される。

「ラップランドの夏は短いけれど、でもまだまだ長い」

だから、一緒に真夜中の太陽を見上げるチャンスはいくらでもある。急ぐ必要はないと言われる。

洵は、痩身をアレクシスの胸にあずけて、はじめて自らキスをした。

「でも、僕は今見たいんです」

少し拗ねた声で、甘えてみる。

アレクシスは苦笑して、洵の痩身を腕に抱いた。広い胸に頬を寄せた恰好で、明るい夜空を見上げる。

今は沈まぬ太陽。だが冬になれば、オーロラが見られる極北の夜空。

日本の大学のこととか、母親への報告とか、まだまだクリアしなくてはいけない問題はたくさんあるのだけれど、でもアイラとして式を挙げてしまえたなら、あとはふたりならなんとでもなる気がする。

なんといっても、一番の関門をすでに越えてしまったのだ。もはや何も怖いものはない。

アレクシスには、いつでも洵の存在を公にする覚悟がある。その上で、一生洵を守っていく準備がなされている。

けれど、洵はそれを望まない。

ふたりだけ――正確にはふたりだけではなく、周囲の協力あってこそなのだけれど――の秘密なんて、これ以上のときめきはない。

オーロラのことを、フィンランド語でrevontuli《狐火》という。闇を駆ける狐の尻尾から火花が飛び散ってオーロラになる、というラップランドの伝承があるのだ。

そんな話をアレクシスの胸に抱かれて聞きながら、今は明るい夜空にオーロラが輝く夜を待ち焦がれる。

ムスタの引く犬ぞりで雪原を駆ける夢を見る。

短くも深い眠りから洵が目覚めたとき、アレクシスの腕のなかで、陽が昇って明るさを増した極北の太陽光に包まれていた。

あとがき

こんにちは、妃川螢《ひめかわほたる》です。

拙作をお手にとっていただき、ありがとうございます。

ロイヤルキス文庫でははじめまして！　お声をかけていただき光栄です。

……とか言いつつ、実は担当様とはもうずいぶんと長いお付き合いになり、信頼ゆえに頼りっぱなし、甘えっぱなし、ゆえに色々抜け倒しな状況で、しょっぱなからご迷惑をおかけしています。

常連の読者さまには、また貴族×花嫁か～？　と思われているかもしれませんが、やっぱ王道設定は、可愛い＆萌えですよね!?（……と同意を求めてみる。笑）

私は基本的に受けキャラ至上主義で、受け子ちゃんさえ幸せなら、攻めキャラがどんなに足蹴にされようが尻に敷かれようが、座布団にされようがどうでもいい！　と公言してはばからなかったのですが、どうも最近、可愛い受け子ちゃんをいたぶる攻め様の気持ちに移入してしまいがちで、ネチネチと苛める描写についつい熱が……（汗）。歳食ったせいでしょうか？

イラストを担当していただきました、えとう綺羅《きら》先生、お忙しいところありがとうございました。

可愛い洵《しゅん》のドレス姿に萌え萌えです。眼鏡キラーン！　のクリスティアンも美味しくいただきました（笑）

またご一緒できる機会がありましたら、どのときはどうぞよろしくお願いいたします。

妃川の今後の活動情報に関しては、ブログをご参照ください。

http://himekawa.sblo.jp/

Twitterアカウントもあるにはあるのですが、システムがまったく理解できないまま、ブログ記事が連動投稿される設定だけして、以降放置されております。

ブログの更新はチェックできると思いますので、それでもよろしければフォローしてやってください。

@HimekawaHotaru

皆様のお声だけが執筆の糧です。ご意見ご感想等、気軽にお聞かせいただけると嬉しいです。

それでは、また。

どこかでお会いできたら嬉しいです。

二〇一五年五月吉日　妃川 螢

Cocktail Kiss Label

カクテルキス文庫をお買い上げいただきありがとうございます。
先生方へのファンレター、ご感想は
カクテルキス文庫編集部へお送りください。

〒102-0073　東京都千代田区九段北1-5-9-3F
(株)ジュリアンパブリッシング　カクテルキス文庫編集部
「妃川　螢先生」係　／「えとう綺羅先生」係

◆カクテルキス文庫HP◆ http://www.julian-pb.com/cocktailkiss/

オーロラの国の花嫁

2015年6月30日　初版発行

著　者　妃川　螢

発行人　小池政弘

編　集　株式会社ジュリアンパブリッシング

発行所　株式会社ジュリアンパブリッシング
〒102-0073　東京都千代田区九段北1-5-9-3F
TEL　03-3261-2735
FAX　03-3261-2736

印刷所　中央精版印刷株式会社

ISBN978-4-86457-232-3　Printed in JAPAN